Nagelprobe 22

Texte des Jungen Literaturforums
Hessen-Thüringen

Herausgegeben
vom Hessischen Ministerium
für Wissenschaft und Kunst

Weitere Informationen über den Verlag und sein Programm unter:
www.allitera.de

Bibliographische Information der Deutschen Bibliothek

Die Deutsche Bibliothek verzeichnet diese Publikation in der Deutschen Nationalbibliographie; detaillierte bibliographische Daten sind im Internet über <http://dnb.ddb.de> abrufbar.

April 2005
Allitera Verlag
Ein Books on Demand-Verlag der Buch&media GmbH, München
© 2005 für die Anthologie: Buch&media GmbH, München
© 2005 für die Einzelbeiträge beim Hessischen Ministerium
für Wissenschaft und Kunst
Umschlaggestaltung: Kay Fretwurst unter Verwendung eines Motivs
von Bettina Hermann
Herstellung: Books on Demand GmbH, Norderstedt
Printed in Germany · ISBN 3-86520-112-1

Nagelprobe 22

Vorwort

Preisrede

Vor wenigen Wochen trafen wir sechs Jurymitglieder uns in Bensheim an der Bergstraße. Bensheim ist ein hübscher Ort und auch kein hübscher Ort. Mitten in der Stadt stehen klotzige Häuser, die dort eigentlich nicht hingehören. Sie decken die Wunden zu, die der Stadt vor sechzig Jahren am Ende eines verheerenden Krieges zugefügt wurden. Man fasst diese Häuser unter dem Begriff »Wiederaufbau« zusammen, der in jedem folgenden Jahrzehnt anders aussah, aber eben nicht schön war, lange nicht so schön wie die alte Architektur.

Da standen wir also in unseren Wintermänteln im Hoteleingang, die prallen Taschen unterm Arm, in denen sich Ihre Texte befanden, etwa 680 Einsendungen, davon 444 aus Hessen und 241 aus Thüringen. Was die Zahl der Einsendungen betrifft, waren die Frauen mit 407 Beiträgen den Männern haushoch überlegen. Zuvor hatten wir die Texte daheim gelesen und beurteilt. Mit Neugier alle, denn wenn die Jugend schreibt, ist das allemal lobenswert, mit Skepsis viele, mit Bewunderung all jene, die wir heute hier feiern.

Was von allen Texten bleibt, ist ein Eindruck, wie es jungen Leuten im Alter von 16 bis 25 Jahren heutzutage geht, was sie umtreibt, worüber sie ihre Geschichten und Gedichte schreiben. Die Ausbeute ist nicht knapp, denn das Leben ist auch in Friedenszeiten eine Herausforderung, die erste Liebe, Schwierigkeiten mit den Eltern, mit der Schule, mit Arbeitslosigkeit, Alkoholismus, Begegnungen mit dem Tod, aber auch das Leben mit dem Fernsehen, das für viele offenbar mehr als Unterhaltung ist und ihre Phantasie und ihren Stil wie auch immer prägt. Ihre Texte sind ein Zeitzeugnis, ebenso wie die Texte der jungen Leute, die vor sechzig Jahren schrieben, als Deutschland in Trümmern lag, die damals so alt waren wie Sie heute.

Wer schreibt, will festhalten, will verarbeiten, will auch literarisch verändern, was war, und es haltbar machen für die Zukunft. Das jedenfalls ist Ihnen, die Sie hier versammelt sind, gelungen. Ihre Texte stehen in einer Anthologie, sie stehen gedruckt auf dem Papier, man kann sie kaufen, man soll sie lesen. Der Preis, den Sie heute erhalten, ist ein Anfang. Wir hoffen, der Ansporn wirkt, und Sie setzen ihn fort.

Jetzt ist es Zeit, Wolfgang Borchert zu erwähnen, der so jung war wie Sie, als er im Alter von fünfzehn Jahren mit Gedichten begann und nach dem Krieg, von schrecklichen Erlebnissen und von Krankheit gezeichnet, seine Kurzgeschichten schrieb. Borchert starb im Jahr 1947, 26 Jahre alt, und hinterließ sagenhaft schöne Erzählungen, die heute noch junge Leser finden. Im Internet etwa gibt es eine Seite, auf der sich Schüler über ihn austauschen, von seinen Geschichten schwärmen, seinen frühen Tod bedauern, ganz in der Sprache von heute:»Echt cool, diese Storys«, heißt es da,»ich bin stolz, ihn in der Klasse vorstellen zu dürfen«, ein Mädchen beendet seinen Eintrag mit den Worten»Wie schade, dass er schon tot ist. In tiefer Trauer«.

Sie sehen, gute Geschichten bleiben, sie werden nicht alt. Ein Sprung von sechzig Jahren zurück jetzt, ein schneller Eindruck, der Anfang von Borcherts Erzählung»Die Kirschen«, damit Sie etwas im Ohr haben zum Weiterlesen:»Nebenan klirrte ein Glas. Jetzt ißt er die Kirschen auf, die für mich sind, dachte er. Dabei habe ich das Fieber. Sie hat die Kirschen extra vors Fenster gestellt, damit sie ganz kalt sind. Jetzt hat er das Glas hingeschmissen. Und ich habe das Fieber.«

Eine Geschichte, die in Bensheim vor uns auf dem Tisch lag, beginnt so:»Wenn ich den ganzen Nachmittag nicht einmal auf meiner Triola gespielt hatte, durfte ich meiner Mutter helfen, die nasse Wäsche auf das Gestell vor dem Schlafzimmerfenster zu hängen. Bis zur zweiten Leine. Wenn meine Mutter dann die weiteren vier Leinen mit unseren Hosen, Pullovern und Strümpfen behing, stand ich neben ihr und schaute hinunter auf den Hof.«

Oder diese:»Irrer Himmel. Die Fenster der benachbarten Platte quellen über vor blaurosa Licht, mittendrin stahlgraue Wolkenkleckse. Alles leuchtet, ein riesiges Lavafeld, ein Meer aus Schlumpfeis. Jasper atmet durch und inhaliert tief.«

Da kann ich nur flapsig sagen,»geht doch«, will man hören, will man weiterlesen, nicht anders als Borchert.

Als wir nach unseren Jurysitzungen wieder im Mantel vor dem Hotel standen, waren die Taschen dünn geworden. Gute Geschichten und schöne Gedichte sind übrig geblieben. Die anderen wandern in den Keller des Ministeriums für Wissenschaft und Kunst, das diese Preise vergibt. In den Glasfenstern des Bürohauses mitten in Bensheim glitzerte jetzt die Sonne. Am Bahnhof gegenüber stand ein orangeroter Vorortzug. Was für die Heimfahrt blieb, waren Zeilen wie »vergiss auch nicht den regen, der / auf diese stadt fällt, wenn du / erzählst, wo es schön war, vom regen / erzählen ja alle, die wiederkommen« oder dieses Gedicht mit dem Titel »Abschied«: »Auf dem Fensterbrett statt Blumen / nur kreisrunde staubfreie Stellen / dafür im Morgenrot Flughafenlichter / wie ein erster Schein der Sonne.«

Herzlichen Dank für solche Zeilen und Glückwünsche an Sie alle!

Martina Dreisbach

Texte der Preisträger

Julia Dathe

Vielleicht hinter Berlin mit
Franziska Linkerhand im Gepäck

Hier erhebt sich kein Kirchturm empor,
an dem man sich festhalten könnte,
nur der Himmel wird höher.

Diese Ortschaften
sehen nicht nur so aus,
als endeten sie alle auf
-ow

Christoph Steier

Funkstille

Irrer Himmel. Die Fenster der benachbarten Platte quellen über vor blaurosa Licht, mittendrin stahlgraue Wolkenkleckse. Alles leuchtet, ein riesiges Lavafeld, ein Meer aus Schlumpfeis. Jasper atmet durch und inhaliert tief. Er hält mir den Stick hin, aber ich will jetzt nicht. Bin ganz berauscht vom Farbenspiel. Schon das nächste Haus liegt im Schatten, stumpf glotzen die leeren Fenster zwischen den graubraunen Platten hervor. Wir sind den ganzen Sommer nicht auf dem Dach gewesen, und morgen geht schon das neue Schuljahr los. Das letzte. Die Sonne wärmt meinen Rücken, die Dachkiesel sind noch ganz warm, und vor mir liegt dieses irre Licht in den Fenstern. Besser als Kino.

Jasper hustet, streicht sich eine Strähne aus der Stirn und untersucht sein Knie. Beim Hochklettern hat er sich die Hose aufgerissen, es blutet ein bisschen. »Nie wieder Platte, endlich raus hier!«

Von hier oben ist es eigentlich ganz in Ordnung. In Berlin sind Platten ja schon wieder der letzte Schrei. Klar, unsere hier pfeifen eher auf dem letzten Loch. Sechzig Prozent Leerstand. Jeden Tag neue nackte Fenster. Am Tag alles wie ausgestorben, am Abend kläffen die Hunde, und in der Nacht kreischen die Säufer und Verrückten. Sogar Mama verliert langsam den Glauben an ihr Viertel. Dabei hatte alles so glänzend begonnen. Na ja, vielleicht wird es nach Hartz IV wieder voller, meinte sie neulich verbittert.

Jasper und seine Mutter wollten vom ersten Tag an weg. Muss man verstehen, für sie war das ja ein Riesenabstieg. Sind erst nach der Wende aus dem Regierungsviertel hierhin verfrachtet worden. Sein Vater hatte sich schon abgesetzt, bevor die Wende überhaupt feststand. Ganz hohes Tier gewesen, flüstert man. Und dann mit einem Schlag allein erziehend mit Sozialhilfe. Wir waren gerade mal drei im November 89, aber Jasper wusste ganz genau: Sein Vater war in Amerika und würde ihn bald holen.

Was soll ich sagen, wir sind immer noch hier. Gerade mal bis aufs Dach gekommen, nach fünfzehn gemeinsamen Jahren. Und morgen geht's in die letzte Runde. Fünfzehn Jahre Ausbruchpläne.

Jasper lässt sich auf den Rücken plumpsen und drückt den Joint zwischen die Kiesel. »Weißte, jetzt hab ich's endlich, wie wir die große Kohle machen.«

Ich lasse mich neben ihn fallen und blinzele zu ihm rüber. »Na was?«

»Ey, die Eskimos gehen doch bei über null Grad sofort im T-Shirt raus und sonnen sich ...«

»Ja und?«

»Na ja, wir machen für die einen auf Reiseveranstalter, kaufen im Winter die verwaisten Strandhotels in Polen billig auf und verscherbeln das den Eskimos für gutes Geld als Sonnenurlaub. Das lohnt sich für die schon allein wegen des Alkohols!«

»Geile Idee, Alter ...«

Ich bin nicht ganz überzeugt, aber er redet sich jetzt rein. Kriegt dann immer rote Backen.

»Guck doch mal, die Türken machen das genauso. Weißte noch, auf der Studienfahrt? Für die ist es kalt, und doch haben sie ihre ganzen Schuppen voll mit unseren Frührentnern, die da mit ihrem Wanst in der Sonne überwintern.«

Okay, das hat was, denke ich und schmeiße ein paar Kiesel über die Dachkante. Um die Uhrzeit traut sich ja eh keiner mehr raus.

»Prost, Alter, auf die Eskimos!«

Jasper hat zwei Bier aus der Tüte hinter seinem Kopf gekramt und hält mir eins hin. Wir sind die Geilsten, denke ich und stütze mich zum Trinken auf die Ellbogen. Der Kies knirscht und es tut auch ein bisschen weh. Die Größten, echt. Sind die Einzigen aus unser Klasse, die immer noch hier in Platte wohnen, und schieben in Gedanken die Eskimos vom Nordpol an die Ostsee zum Winterbaden.

»Auf die Eskimos!«

Es ist schon gut, so einen wie Jasper zu haben. Mit dem man einfach da liegen und auch mal nichts quatschen kann.

Es ist einer dieser Augusttage, wo sich die Kälte am Abend so langsam und in dünnen Schichten zwischen die Wärme schiebt. Man kann dann fast mit der Hand durch die Schichten fahren und streift schon den Herbst. Es ist vielleicht ein bisschen dumm, dass ich so was besser nicht bei Jasper sage. Sowieso kann man nicht immer über alles quatschen. Aber egal. Wahrscheinlich denke ich einfach zu viel. Es ist großartig, einfach hier zu liegen mit ein paar Bier und über alle Häuser hinweg in den Himmel zu gucken. Einfach da sein und gut. Ist ja auch bescheuert, allein schon meine Vergleiche immer ...
Auf der Nordhäuser dröhnt ein Krankenwagen vorbei, es dringt kaum hier hoch.
»Ey, bald müssen die vom Europaplatz sich doch mal alle totgekloppt haben!«, gähnt Jasper und langt nach einem neuen Bier.
»Stimmt schon, da fahren echt jeden scheiß Abend zehn Krankenwagen hin!«
Vom Bier und der Sonne bin ich ganz ruhig geworden, und in der Dämmerung werde ich ohnehin immer ganz melancholisch. Manchmal habe ich dann so ein Weltvertrauen, dass alles noch gut wird und es noch ganz andere Sachen gibt als das hier. Schreiben wäre so eine Sache. Ich bin nicht gut oder so, aber ich mag es, wenn der Stift übers Papier geht und manchmal einfach so Sachen auftauchen, die ich ohne Schreiben gar nicht denken würde. Als wäre ich ein Anderer.
Ich fasse Jasper am Arm. Er zuckt ein bisschen, hält aber still. Manche Dinge muss ich einfach aussprechen, weil sie nur so im Kopf gar nicht richtig da sind. Auch wenn Jasper alles hasst, was mit der echten Zukunft zu tun hat, muss ich das jetzt mit ihm besprechen.
»Vielleicht rufe ich morgen mal bei der Zeitung an und frage, ob ich für die 'n bisschen berichten kann. Weißt schon, Karnickel und Tauben und so ...«
Jasper zieht den Arm weg und richtet sich auf. »Alter, was geht'n? Das lass mal schön die kleinen Mädchen machen. Wart mal ab, wir ziehen schon noch unser Ding auf. Karnickel, hier, Alter!«

»Aber man muss doch irgendwie 'n Fuß in die Tür kriegen. Ich würde das schon gerne machen, mich da einarbeiten und vielleicht irgendwie reinrutschen.«
»Alter, weißte denn nicht, dass die überhaupt nix mehr verdienen? Da kannste ewig arbeiten und landest maximal da drüben!«
Jasper wirft den Kopf in den Nacken und zeigt auf Marbach, wo gerade die Sonne hinter den endlosen Reihenhäusern untergeht. Dann steckt er sich eine Kippe in den Mund. Mein Schweigen stört ihn nicht weiter. Wahrscheinlich ist er sogar froh, dass das Thema vom Tisch ist. Nach ein paar Zügen dreht er sich auf die Seite, stützt sich auf den linken Ellbogen und haut mir mit der flachen Hand auf den Bauch.
»Nee, nee, Alter, nix Hofberichterstatter bei'n Taubenzüchtern. Wir stellen selber was auf die Beine, und dann können die über uns berichten!«

Nach ein paar stillen Minuten springt Jasper auf, wahrscheinlich fällt ihm auch nicht ein, *was* genau wir denn machen werden, und schlurft zur Kante. Ich kann da nicht hingucken, Höhenangst. Der Himmel ist nun leuchtend orange und Jasper nur ein Schattenriss mit Glut im Maul. Ganz dürr steht er da und hat schon einen krummen Rücken wie ein alter Mann. Jasper Superstar. Amerika. Eskimos. Das große Ding. Schon klar. Jetzt lässt er natürlich die Hose runter und schifft in den Abgrund.
Er kommt zurück und säuselt mit nachgemachter Mädchenstimme: »Was mit Meeedien willste machen? Ich zeig dir was mit Medien, komm mit!«
Er zieht mich hoch und ascht dabei auf meinen Unterarm, tut aber nicht weh. Dann rennt er die paar Schritte zur Satellitenschüssel und bleibt mit ineinander verschränkten Händen am Zaun stehen.
»Komm schon Alter, Räuberleiter, wie früher!«
Schon bin ich drüber. Jasper schafft es auch allein. Die Schüssel ist riesig, bestimmt drei Meter Durchmesser. *World Connection* steht da in dicken, ein wenig abgeblätterten Lettern mittendrin, an den Rändern wächst Moos.

»Heute schon in der Mitte der Welt gestanden?«, fragt er grinsend, »komm, wir pflanzen jetzt unsere kleinen Ärsche ins Zentrum des Universums. Dann geht von dir eine direkte Bahn ins Weltall. Und die ganzen Schweine unter uns kriegen ihren *Tatort* heute quer durch deine Eier gesendet!«
Ich kenne mich mit dem ganzen Technikkram nicht aus und habe ein bisschen Schiss. Die ganzen Strahlungen oder was auch immer, konzentriert und so. Jasper schüttelt den Kopf, als er mein Zögern bemerkt, und kriecht in die Schüssel. Es scheint ihm nichts auszumachen, aber ich will noch ein bisschen Zeit gewinnen.
»Meinst du, wir stören wenigstens den Empfang für die? Das wäre doch 'ne fette Aktion!«
Anstelle einer Antwort stöhnt Jasper plötzlich auf und fasst sich an die Eier.»Aahhhh, uuhhhh.« Dann lacht er auf und grinst mich an.»Jetzt hat meine Antenne gerade einen texanischen Porno reingekriegt. Da ist ja gerade tiefste Nacht!«
Spinner. Toller Amerikaexperte übrigens, da ist jetzt hellster Nachmittag. Das behalte ich aber besser für mich und springe zu ihm in die Schüssel. Wir liegen da in der Kuhle, und es ist eigentlich ganz bequem. Man spürt gar nichts. Schade, ich hatte gehofft, dass sofort alle Fenster aufgehen und die Leute rumkreischen wegen Sendestörung und so. Vor ein paar Wochen wurde im Hof einer von den Fidschis halb tot gehauen, und kein Fenster ging auf.
»Geile Location Alter, ey, dass wir darauf nicht früher gekommen sind!«
»Jo, aber zum Glück gibt's ja noch Überraschungen im Leben ...«
»Bla bla, kannste gleich morgen in mein Poesiealbum schreiben. Alter, echt!«
Wir schweigen lange und starren in den Himmel. Die ersten Sterne tauchen auf, und es wird langsam dunkel. Irre Vorstellung, dass irgendwo da oben ein Blechding seine Bahnen zieht und seine Strahlen durch mich durch sendet. Klar, ständig gehen ja irgendwelche Wellen durch die Luft und durch einen durch, aber das hier ist noch mal anders. Fast wie eine Wiege.

Es ist ganz ruhig, nur hier und da wird das Nachtbrummen von einem Raser durchbrochen. Jasper atmet gleichmäßig und flach, wahrscheinlich ist er eingepennt. Der Polarstern ist ein großer Dotterstern. Immer fallen mir nur Essensvergleiche ein. Egal, ich bin noch jung, kenne noch kaum was. Es wartet aber da draußen, ganz sicher. Polarstern, Eskimos, du Spinner. Ich gehe jedenfalls morgen erst mal bei der Zeitung vorbei, sag, was du willst, alter Träumer …

Als ich wieder aufwache, ist Jasper verschwunden. Seine Jacke hat er mir dagelassen. Ich decke mich zu und gucke mit verschränkten Armen in die Sterne. Am Kragen riecht der Jeansstoff nach fünfzehn Jahren mit Jasper. Das ist okay. Ich döse ein wenig weiter, und mir ist, als hätte ich eine Sternschnuppe gesehen. Vielleicht auch Einbildung. Jedenfalls habe ich die Jacke ein bisschen fester an mich gezogen und meinen Wunsch gemurmelt. Nicht für mich, sondern für Jasper. Dass er ein paar echte, eigene Wünsche kriegt. Ich selbst habe ja genug davon, und das wird mich schon zum Laufen bringen.

Heute Nacht aber laufe ich nichts mehr hinterher. Ich werde genau hier bleiben, wo ich für jetzt alles habe. Hier, in meiner Weltraumwiege, wo Millionen Botschaften durch mich hindurchgehen und ich doch ganz bei mir bin. Bei mir und all dem, was da draußen noch auf mich wartet. Gute Nacht.

Mario Osterland

Versmaß

Länge mal Breite
Mal Höhe
Proportional zu x
Ergibt das Volumen der
Aussage im Verhältnis
Zur dichterischen
Größe
Die Schenkel des
Gleichseitigen Reimes
Schneiden die
y-Achse im Punkt
M gleich 0 und 1

Berechnen Sie die
Interpretation des
Gedichtes unter
Berücksichtigung der Biographie
Des Autors.

Sascha Bachmann

Fort Knocks

Und 1 … 2 … 3 … 4 … 5 … 6 … 7.
Ich zählte jedes Mal mit. Elf Monate lang zählte ich fast täglich das eine »Ratsch« einer Kette und die, genau gesagt, 12 »Klicks« der insgesamt sechs Schlösser, wenn ich zu dem 90-jährigen Herrn Knock kam. Die Geräusche hallten im Treppenhaus des Plattenbaus, und ich kam mir vor wie ein Wärter, der einem Häftling das Essen bringt. Nur, dass dieser seine Zelle selbst öffnete. Er ging von oben nach unten vor: Als Erstes kam die Kette. Danach kamen die unglaublichen fünf Sicherheitsschlösser und als Letztes das normale Türschloss, bei dem ich durch die Tür leise den Schlüsselbund mitklimpern hören konnte. Bei meinem ersten Besuch fand ich es unfassbar. Doch ich gewann dieser Situation schnell einen Witz ab, weil ich in dem Ratschen der Kette und dem Klicken der Schlösser einen bestimmten Rhythmus feststellte, den Herr Knock nur dann nicht einhielt, wenn Schloss Nummer vier wieder einmal klemmte oder die Kette in ihrer Schiene nicht so rutschte, wie sie es sollte.
»Tach, Herr Knock!«
»*Ja.*«
»Bitte schön. Ihr Mittagessen.«
»*Gut.*«
»Machen Sie's gut, Herr Knock. Und lassen Sie's sich schmecken.«
»*Ja.*«
Das waren unsere Dialoge, bei denen ich natürlich immer ein wenig variierte. Er jedoch nicht. Auch seine Stimme hatte stets den gleichen, fast schon leblosen Tonfall, weshalb ich ihm schnell den Namen »Roboter« gab. Aber diesen Namen fand ich nicht mehr lustig, seit ich bei ihm abkassieren musste.
Für gewöhnlich öffnete Herr Knock seine Tür gerade so weit, dass der Essenskarton durchpasste. Egal, ob das

reichte, um während unseres kurzen Standardgesprächs miteinander Blickkontakt haben zu können. Doch wenn er das Essen bezahlte, reichte es nicht, mir das Geld zu geben, sondern er musste auch eine Quittung unterschreiben, wofür er eine feste Unterlage benötigte. Die nächste Möglichkeit dafür war eine Kommode, die ca. einen Meter von ihm entfernt stand. Weil er die Tür loslassen musste, öffnete sie sich automatisch ein Stück mehr, und ich bekam Einblick in seinen Korridor: Eine Glühbirne hing von der Decke herab und beleuchtete die alte, ausgeblichene Tapete. Der Fußboden war weder mit Teppich noch mit anderem Stoff ausgelegt. Dafür aber mit alten, mit Klebestreifen am Boden befestigten Zeitungen. Auch die Kommode, auf der Herr Knock dabei war, seine Unterschrift unter die Quittung zu setzen, war nicht mit einer dekorativen Decke, sondern mit Zeitung belegt. Nachdem er mir die Quittung wiedergegeben hatte, holte er ein Portemonnaie aus der Tasche seiner alt wirkenden Trainingshose, um zu bezahlen. Die Fächer, in die man z.b. Personalausweis, EC- oder ADAC-Club-Karte stecken konnte, waren leer und schienen noch nie genutzt worden zu sein. So wie der Rest des Portemonnaies. Es hatte weder Falten noch irgendwelche anderen Verschleißspuren und wirkte sehr steif. Ich war mir sicher, dass er es eigens für die Bezahlung des Essengeldes gekauft hatte. Er hatte immer den genauen Rechnungsbetrag darin. Wenn es doch einmal vorkam, dass er sich verrechnet hatte, sagte er: »*Ah*«, und schloss seine Wohnungstür vor meiner Nase, um aus einem anderen Zimmer das Restgeld zu holen. Für eine lange Zeit war das das Einzige, was ich von seiner Wohnung sehen konnte.

Als er krank wurde und für ein paar Tage Bettruhe genießen musste, durfte ich erstmals und ausnahmsweise in seine Wohnung eintreten. Es war ein Schritt in eine andere Welt.

Ich konnte nicht einen Gegenstand ausmachen, den man als Wohnungsschmuck bezeichnen könnte. Herr Knock lag auf der Couch im Wohnzimmer. Auch dort waren Boden, Esstisch und Schrankwand mit Zeitungen belegt. Der Höhepunkt war sein Wäscheständer: Er bestand aus drei

Besenstielen, die auf die Rückenlehnen zweier Sessel gelegt waren. Das Essen musste ich ihm auf einen Teller machen, und auch die Küche gab nur das Nötigste her.

Als ich in sein Schlafzimmer sah, wusste ich, dass er eigentlich dort lag und nur während meiner Anwesenheit im Wohnzimmer, weil er mich dort am besten beobachten konnte.

Was er auch ungeniert tat. Dabei hätte ich gar nicht gewusst, was ich ihm hätte klauen sollen.

Mein Aufenthalt in der Wohnung war ihm sichtlich unangenehm. Die sonstigen Besuche wollte er schon immer so schnell wie möglich über die Bühne bringen. Doch an diesen Tagen bekam ich es am deutlichsten zu spüren. Ich beeilte mich aber auch nicht, weil ich zu verblüfft von dieser Welt war. Hier dominierte die Angst über alle Luxusbedürfnisse.

Hier zählte das Motto: *Je weniger du besitzt, desto weniger kannst du verlieren.*

Obwohl es nahezu nichts zu sehen gab, konnte ich mich dennoch nicht satt sehen.

Wenige Minuten zuvor stand ich noch in meiner verschwenderischen Welt, wo ich beim Einkaufen fast nie auf die Preise achtete, weil ich mit meinem Konto immer gerade so im Plus war. Verlustangst kannte ich höchstens durch meinen Schlüsselbund, und es zählte das Motto:

Je mehr du besitzt, desto mehr hast du, wenn du was verlierst.

Der Unterschied zwischen Herrn Knock und mir war, dass er wohl zu gut wusste, was es heißt, alles zu verlieren, was einem lieb und teuer ist. Ich habe ihn nie gefragt, weshalb er so lebt. Erstens traute ich mich nicht. Zweitens hatte ich auch viel zu selten Zeit. Und drittens glaube ich, wäre er wohl genauso verschlossen gewesen wie seine Tür.

Aber sich den Grund erklären zu können, bedurfte auch nicht unbedingt einer Nachfrage.

Er war 90 Jahre alt und somit Zeuge zweier Weltkriege. Von seinen Nachbarn erfuhr ich, dass er im Zweiten Weltkrieg irgendwo an der Front gedient habe, dort für längere Zeit in russische Kriegsgefangenschaft gekommen sei und nach seiner Rückkehr nach Deutschland von der Zerstörung seines Hauses und vom Tod seiner Frau erfahren habe. Im Kalten Krieg bekam er Verfolgungswahn. Er hatte ständig Angst vor der Staatssicherheit der DDR. Bis zu dieser Zeit (2001) glaubte er immer noch, dass seine Nachbarn auf ihn angesetzte Stasi-Mitarbeiter waren. Die Nachbarfrau erzählte mir, dass sie wohl von ihm abgehört würden, weil man manchmal Schleifgeräusche an der Wand hören könne, die ihre Wohnung von der des Herrn Knock trenne. Auf meine Frage hin, ob sie das nicht störe, sagte sie aufgesetzt sorglos, sie hätten ja nichts zu verbergen.

Weil ich mich in seiner Wohnung ordentlich zu verhalten meinte, dachte ich, dass er nun mehr Vertrauen zu mir haben würde und unsere täglichen Zusammentreffen ein Quäntchen persönlicher werden würden. Doch dem war nicht so:
»Tach Herr Knock. Und, wie geht's?«
»*Ja.*«
»Für heute haben Sie sich aber was Besonderes bestellt.«
»*Gut.*«
»Dann guten Appetit und schönen Tag noch, Herr Knock.«
»*Ja.*«
Dann schloss er die Tür, und sein Spion verdunkelte sich. Er wollte sicher sein, ob ich auch wirklich gehe. Am Fuß der ersten Treppe blieb ich noch einmal stehen um mitzuzählen. Das machte ich immer so, damit dieses Ritual seinen Abschluss fand. Diesmal ging er von unten nach oben vor:
7 ... 6 ... 5 ... 4 ... 3 ... 2 und 1.

Rüdiger Oberschür

astern après

> Noch einmal das Ersehnte,
> den Rausch der Rosen Du –
> der Sommer stand und lehnte
> und sah den Schwalben zu.
>
> Gottfried Benn

wir haben unseren zenit überschritten
und gehen dem freien fall entgegen.
zusammen mit dem laub sind wir
so grün hinter den ohren und welken
doch im guten gewissen und einklang
                                              der kultur.

schau, die himmel hängen schon so tief
im august, und blaue tage halten sich
die waage mit weißen wolken, ohne jede
bedeutung. die bedeutet uns nur weniger
denn nichts, da die schwere fracht des
sommers ausgeliefert ist am ende, unbestimmt
                                                  zur zeitenwende.

Cornelia Fiedler

Der Blasensarg

Am Abend des 13. Juli 1898 kniete am Ortsrand des niemals nennenswert bekannt gewordenen Dorfes Lirowitz, das in nicht allzu ferner Zukunft ohnehin dem Erdboden gleich gemacht werden sollte, am Fuße eines Kirschbaumes, der seine überreifen Früchte bereits zu einem beträchtlichen Teil von sich geworfen hatte und an dessen noch an den Zweigen hängenden beinahe schwarzblau gefärbten Kirschen sich schon längst Scharen von Ameisen und einzelne Stare zu schaffen gemacht hatten, der elfjährige Carl, Sohn erst vor wenigen Wochen eingewanderter schwedischer Eltern, die ihre Heimat wegen heute nicht mehr zu rekonstruierender Umstände hatten verlassen müssen, und drückte um den immer schwächer werdenden Körper einer schon vor etlichen Stunden – genauer gesagt: zur Mittagszeit – im weichen Harz des Baumes hängen gebliebenen Biene mit seinen für sein Alter ungewöhnlich langen und schlanken Fingern eine Art vertikalen Krater aus dem Harz, das nun im kühler werdenden Schein der Abendsonne in seiner Konsistenz fester und formbarer wurde, und er stellte sich vor, wie er den an der Seite des Kirschbaumstammes befindlichen Krater, der das im Sterben liegende Insekt umschloss, zu einem blasenartigen Sarg modellieren würde, indem er die Wände zum Schluss zu einer Kuppel miteinander verbinden und damit dem todgeweihten Tier einen ihm angemessenen und gebührenden Ort der letzten Ruhe unter dem goldgelbbraunen, honigfarbenem Licht der sich am Horizont senkenden Julisonne, die dann ihre letzten Strahlen für diesen Tag durch die dünne Harzschicht werfen sollte, errichten würde.

Dazu sollte es jedoch nie kommen. Carl Lungström, geboren am 20. April 1887 in Lund und späterer Anästhesist, wurde noch vor der Umsetzung seiner architektonischen Vision und Beendigung seines Vorhabens von seiner Mutter Emilie Lungström, geborene Olsen, zum Abendessen gerufen und folgte ihrer Aufforderung auf dem Fuße.

Christian Rosenau

Kaffee und Kuchen

als wir so saßen bei Kaffee und Kuchen
wurde meine Großmutter plötzlich ganz still.
ihr Blick war starr an ihr Schweigen geheftet
und an einen Punkt auf dem Tisch irgendwo
zwischen Tassen und Tellern.

doch dann griff sie blitzschnell hoch in die Luft und
erwischte eine Fliege mitten im Flug,
ließ sie noch einen Augenblick in der Hand
schwirren, während die andere bewegungs-
los die Kuchengabel hielt.

sie zerrieb das Insekt schließlich, indem sie
langsam die Hand zur Faust ballte, wobei sich
die Gelenke weiß färbten, dann öffnete
sie ihre Finger und warf den reglosen
schwarzen Körper zu Boden,

fuhr sich einmal seitlich über die rosa
Kittelschürze und hob die Gabel zum Mund
als ob nichts gewesen wär –

IN DIE TAGE NACH DEM SOMMER
knüpfte der Regen sein Netz,
band die Dächer an die Wolken.

die Stadt lag seicht und trüb
und schwemmte nur ab und zu
ein paar Touristenbusse an.

die Passagiere stiegen tranig aus
manch einer gähnte noch
von seinem Schlaf im Reiseführer.

und in die Schritte wuchsen
die Legenden, aus dem Pflaster
stieg der Rest der Zeit.

die Polyesterhäute ihrer Schirme
waren Schuppen eines Riesenfischs,
der schwamm davon und trug sie

unbemerkt schon längst in seinem Bauch.

Isabel Teschke

Bäume

Ich bin im Baum.
Hier drinnen ist es modrig, feucht. Eine Mischung aus warm und kühl.
Die Zweige winden sich sanft nach oben. Ich will mit ihnen wachsen.
Sie sagen, ich werde am 2. Juli vierzehn. Aber ich fühle mich ganz anders.
Ich will mich strecken, aber es ist so eng. Der Baum ist so eng.
Mir geht es übrigens gut. Macht euch keine Sorgen.
Manchmal laufen mir Ameisen über die Beine.
Ich fühle mich windig.
Er will, dass ich ihn Papa nenne.
Es ist ein perfekter Birnbaum. Ein wilder Wildbirnenbaum. Wilwirwaum.
Mama mag ihren Garten. Besonders die Bäume und Beerenbüsche. Die pflegt sie ganz besonders. Aber dieser Baum ist krank. Sie hat ihn mit einer Paste bestrichen. Sieht fast aus wie Rinde. Von der Farbe her.
Der Wind trägt mich ab, Schicht für Schicht, wie Sand, bis ich ganz leer bin.
Nur Mama weiß, dass der Baum hohl ist. Aber sie hat ihn vergessen. Sie mag keine Birnen.
Er kümmert sich nicht um den Garten und isst nur Obst vom Edeka.
Es ist Frühling. In kurzer Zeit wird der Baum seine Blätter verlieren. Sie sind schon ganz angelaufen.
Hier kriegt mich keiner raus.
Ich passe gerade rein. Meine Beine habe ich angezogen.
Es ist ja auch nicht für lange.
Die Blätter über mir sind noch vom letzten Herbst. Die unter mir auch. Ich habe sie hier rein geworfen, weil ich nicht bis zur Mülltonne laufen wollte.
Er wartet immer ab, bis Mama weg ist.

Die Äste sind noch stark. Aber neulich habe ich gehört, wie er mit dem Nachbarn geredet hat. Noch dieses Frühjahr wollen sie ihn fällen.
Die orange-grünen Blätter berühren den Himmel. Irgendwie hat er mehr Farbe so.
Ich glaube, es fängt gleich an zu regnen.
Es ist nicht das erste Mal.
Man kann das Gras wachsen hören ... und die Blätter. Sie welken nicht, sie kräuseln sich zusammen.
Ich komme hier her, weil ich nicht anders kann.
Guckt mal, ihr Ameisen, ich habe eine Gänsehaut.
Der Baum ist nicht mehr zu retten, hat sie gesagt. Sie hat wohl versäumt, das Schädlingsgift zu sprühen. Das kommt davon, dass sie keine Birnen mag.
Er will, dass ich zu ihm komme. Weil er mich so mag.
Wenn ich später einen Garten habe, dann wird es ein schöner Garten. Und der Wildbirnenbaum bekommt einen Ehrenplatz.
Er sagt, er liebt mich, aber er zerreißt mich.
Bevor ich gehe, breche ich einen Zweig ab. Vielleicht treibt er aus, wenn ich ihn ins Wasser stelle.
Eigentlich wollte ich auf den Birnbaum klettern, aber dann bin ich abgerutscht.
Ich höre, wie er herauskommt. Er ruft meinen Namen.
Im Frühjahr sollte ein Birnbaum blühen.
Sein kleines Mädchen.
Ich pflanze einen schönen Stachelbeerbusch hin – was meinst du, hat Mama gefragt und ihr Gartenbuch gewälzt.
Er ruft mich oft, fast täglich.
Mit einem Stöckchen ritze ich ein Kreuz in die zähe Paste.
Ich höre ihn nicht.
Laalalalala, laalalalala ...
Hier will ich bleiben. Bleiben will ich hier.
Eigentlich gehe ich zur Schule. Aber ich bin nicht da. Nicht dabei.
Wenn Mama die Schlüssel nimmt, bin ich hier. Ich weiß, was dann kommt, das fühle ich schon im Vorhinein.
Letztes Jahr hat ein Vogel in den Ästen über mir genistet.

Ich weiß es genau. Er hat das ganze Frühjahr Zweige und Stroh gesammelt. Als die Jungen da waren, ist die Katze von nebenan gekommen.
DerWindmalhiermaldortaneinemanderenOrt.
Er wird mich finden, irgendwann.
Die Rinde sperrt mich ein, ich will aus dieser Haut raus.
Es frisst in mir. Jedes Mal, wenn ich ihn höre, wenn ich nicht anders kann, als mitzugehen.
e-r-d-a-r-f-n-i-c-h-t
Langsam nehme ich die Farbe des Baumes an. Graubraungelbgrünorange.
Ich darf nachmittags nicht zu Freundinnen, deshalb werde ich auch nie auf ihre Geburtstage eingeladen.
Ich halte den Atem an, er sieht in meine Richtung.
Mama.
Den Baum werde ich niemals verlassen.
Meine Hausaufgaben habe ich auch noch nicht gemacht.
Wie lange sitze ich hier?
Ich stelle mir vor, dass mein Baum in einem Wald voller Birnbäume steht.
Fünf vor zwölf.
Ich schließe einfach die Augen. Und löse mich auf.
Früher oder später muss ich rein.
Braves Kind, wo versteckst du dich?
Naanananana, naanananana …
Ich glaube, der Baum reicht bis an den Himmel. Was, wenn ich einfach da hinaufklettere? Und niemals zurück.
Mein Herz pocht. Mit jedem Schlag wächst der Baum. Die Blätter werden dichter, die starken Äste verschließen die Öffnung über mir.
Er knickt das Gras.
Die Natur wehrt sich, will mich nicht herausgeben.
Wildbirnbaumkind. Kindbaum Birnenwild. Birnbaum wildes Kind.
Er muss mich gewittert haben. Oder jemand hat mich verraten.
Wachsen. Erwachsen.
Die Ameisen verkriechen sich. Ich kann nicht.
Nein.

Der. Birnbaum. Hat. Aufgegeben.
Wie kann die Sonne jetzt bloß scheinen?
Hat. Mich. Aufgegeben.
Hab. Mich. Aufgegeben.
»Shhhhhh …!«

Katja Thomas

Das Dorf ist nicht im Tag

Im alten Dorf stehen die alten Häuser. In den Höfen kreischen Kreissägen. Immer zerschneiden die Menschen etwas, und das Kreissägengeräusch zerschneidet die Luft. Nichts Ganzes ist mehr im Dorf. Auch das Dorf selbst ist zerschnitten, in ein altes und ein neues Dorf. Im alten Dorf wohnen die alten, im neuen Dorf die neuen Menschen. Das Dorf ist voller zerschnittener Wünsche.

Im alten Dorf kreischen Kreissägen. Im neuen Dorf werden Rasenmäher über alles Grüne geführt. Die Wünsche, die dort ganz geblieben sind, werden hier gemäht. Und hinter den Zäunen auf langsam trocknende Haufen geworfen.

Abends um acht ist der Tag fünfzehn Minuten im Fernsehen. Der Tag ist In- und Ausland, allein ein Drittel des Tages besteht aus Sport und aus Wetter. Das Dorf ist nicht im Tag.

In der Nacht zersurren im neuen Dorf die Glühbirnen der Straßenlampen die Luft. Sie springen rosa an, wenn es noch hell ist, und werden bald darauf neonweiß. Sie machen ein Geräusch wie winzige Rasenmäher. Das alte Dorf liegt im gelben Licht der Laternen. Diese Laternen sind still. Dafür bellen in den Gehöften die Hunde.

Wintergarten und Fußbodenheizung, es gibt keine Reihenfolge. Unsere Nachbarn und ihre beiden Wünsche führen mit Vater über den Zaun hinweg ein Gespräch. Der Zaun teilt unsere Gärten, die Reihenfolge der Fruchtwechsel jedoch ist gleich. An den Abbruchkanten der Beete war das Wetter schon lange nicht so gut.

Bei Westwind kann man die Autobahn hören. Nachts klingt sie wie das Meer. Anders als die vierzig Pappeln, die hinterm Haus stehen. Wie große betrunkene Männer schwanken sie im Wind und rauschen auch. Aber es klingt nur nach Pappeln.

Franziska Wilhelm

Der Rundenläufer

Wenn ich den ganzen Nachmittag nicht ein einziges Mal auf meiner Triola gespielt hatte, durfte ich meiner Mutter helfen, die nasse Wäsche auf das Trockengestell vor dem Schlafzimmerfenster zu hängen. Bis zur zweiten Leine. Wenn meine Mutter dann die weiteren vier Leinen mit unseren gewaschenen Hosen, Pullovern und Strümpfen behing, stand ich neben ihr und schaute hinunter auf den Hof. Es war ein schöner Hof, sehr groß mit grünen Hecken und drei viereckigen Wiesen, die durch Kieswege voneinander getrennt warten. Unten lief der Rundenläufer. Der Rundenläufer war ein Mann, den alle duzten, obwohl er schon erwachsen war. Er war groß und sehr schlank. Jeden Tag lief er seine Runden im Hof. Er ging schnell, den Blick fest nach vorn gerichtet, als ob er auf dem Weg zur Arbeit sei und schon nach dem richtigen Bus Ausschau halte. Seine Beine erinnerten mich an Sprungfedern. Immer, wenn er in der Mitte eines Schrittes war, schien er noch einmal zehn Zentimeter größer zu sein. Manchmal machten sich die Nachbarsjungen einen Spaß und liefen hinter ihm her, bis sie ganz aus der Puste waren von seinen langen, schnellen Schritten. Der Rundenläufer sagte nichts zu ihnen, er sprach selten etwas. Er hatte auch eine sehr eigenartige Stimme. Meine Mutter sagte mir, dass er sich selbst nicht richtig höre. Seltsam, dachte ich, wie kann man sich nicht richtig hören, wenn man doch an sich selbst am nächsten dran ist? Aber darüber hatte ich keine Zeit nachzudenken. Ich musste üben, üben den richtigen Knoten in das blaue Tuch zu machen, das ich bekommen hatte. »Einmal drüber, dann rum und dann hinten durch. Das geht ganz leicht«, hatte mir mein Bruder Andreas gesagt. Aber Andreas war auch schon fünfzehn.

Ich stellte mich vor den Spiegel, das blaue Tuch lag offen um meinen Hals. Erst drüber, dann rum, dann hinten durch. Doch das Tuch wollte nicht. Ich probierte es immer wieder, aber entweder entstanden riesige, lockere Knoten,

die gleich auseinander fielen, oder ich bekam unansehnliche Winzlingsknoten heraus, die mir auch noch eine Bleistiftlänge vom Hals weghingen. Ich wurde wütend, riss den letzten Winzling wieder auf und dachte, na warte! Mit aller Kraft nahm ich die beiden Enden in die Hände, band sie drüber, drum und durch und alles doppelt, zog fest und fing von Neuem an. Ich hörte erst auf, als das Tuch bis an die Spitzen hin verknotet war. »So, das haste nun davon«, sagte ich zu dem Tuch, das sich nicht mehr rühren konnte, weil es nun als eng geschnürte Wulst an meinem Hals lag. Dann ging ich auf meiner Triola spielen.
    Als mich meine Mutter zum Abendbrot rief, hatte ich das Tuch immer noch um. Schnell wollte ich es abmachen und in die Küche gehen, doch ich bekam es nicht auf. Ich zog und zerrte, aber es wurde nur noch fester, so fest, dass die Spitzen senkrecht in der Luft standen. Schließlich ging ich mit meinem Tuch zum Abendbrottisch. »Was hast du denn gemacht?«, fragte mich meine Mutter, »Ich, hab Knoten geübt«, antwortete ich und fühlte, wie in diesem Moment eine von meinem Bruder ausgesandte Welle des Hohns über mir zusammenschlug. »Da musste ja froh sein, wenn du nicht abhebst mit deinem blauen Propeller! Sonst brauchen wir noch ne Luftraumgenehmigung für dich«, sagte er und lachte. »Andreas, lass sie in Ruhe«, sagte meine Mutter und wandte sich dann an mich: »Aber vor dem Schlafengehen machst du das ab, Katharina, sonst erstickst du mir noch.« Ich nickte, soweit mir das mit dem Tuch noch möglich war.
    Nach dem Abendessen stellte ich mich wieder vor den Spiegel und versuchte erneut, die Knoten zu lösen. Aber vergebens. Ich schaute auf meinen Schreibtisch, da lag die Schere. Ich fuhr mit Daumen und Mittelfinger in die dafür vorgesehenen Plastikösen, dann hob ich die Schere hoch und legte sie an das Halstuch an. Jetzt musste ich schneiden. Ich machte die Augen zu, zählte: Eins, zwei und – machte die Augen wieder auf. Es ging nicht. Ich konnte doch das blaue Tuch nicht zerschneiden, was sollte ich denn der Lehrerin erzählen?
    Als meine Mutter an diesem Abend kam, um gute Nacht

zu sagen, zog ich mir die Bettdecke bis zum Kinn, damit sie das Tuch nicht sehen konnte. Sie gab mir einen Kuss auf die Stirn und sagte »Morgen, wenn du aufwachst, ist auch dein Bruder Alexander da. Der kommt heute Nacht ganz spät.« Ich freute mich darauf, Alexander wieder zu sehen. Er wohnte schon seit einiger Zeit nicht mehr bei uns, sondern studierte in einer großen Stadt. Er kam nur noch manchmal am Wochenende. Morgen war Samstag.

In der Nacht wurde ich wach. Die Knotenwulst war nach hinten gerutscht und drückte auf meinen Nacken. Wenn ich das Tuch weiter anbehielt, würde ich ersticken, hatte meine Mutter gesagt. Ich bekam Angst. Ich wollte zu ihr gehen, und sie sollte es mir abmachen und zwar gleich. Die Wohnung war schon dunkel. Vorsichtig ging ich durch den Flur in Richtung Schlafzimmer. Als ich am Zimmer meines Bruders vorbei kam, hörte ich darin Stimmen. Alexander war da. Ich schaute durch das Schlüsselloch, denn ich traute mich wegen meines Knotentuchs nicht hinein zu gehen. Alexander und Andreas unterhielten sich leise, und ich musste mein Ohr an die Tür legen, um zu verstehen, was sie sagten. Alexander erzählte viele Dinge aus der Stadt, die ich nicht richtig verstand und deshalb auch gleich wieder vergaß. Nur einen Satz prägte ich mir ein, denn ich wusste, dass er für mich bestimmt war. Alexander sagte etwas wie: Wenn alles immer enger wird und man kaum noch Luft zum Atmen hat, dann muss man eben auf die Straße gehen. Alexander konnte nicht wissen, dass ich nicht auf der Straße spielen durfte. Aber wenn alles immer enger wurde, dann konnte man bestimmt auch auf den Hof gehen. Ich drehte meine Knotenwulst wieder nach vorne, was gar nicht so leicht war, weil sie schon sehr fest saß, und legte mich schlafen.

Am Morgen war ich die Erste, die wach war. Noch vor dem Frühstück ging ich nach unten auf den Hof. Ich fasste an meinen Hals, noch war an meinem Tuch keine Veränderung zu spüren, es saß fest. Vielleicht musste ich etwas machen? Was man machte, wenn man auf die Straße oder auf den Hof ging, davon hatte Alexander nichts gesagt. Ich wartete eine Weile, dann kam er mir entgegen. Der Rundenläufer. Das war es, ich musste Runden laufen! Ich beschloss in entgegengesetzter Richtung zu gehen, damit der Rundenläufer nicht dachte, ich würde ihm nachlaufen, wie die dummen Nachbarsjungen. Ich fühlte mich gut. Jedes Mal, wenn sich unsere Runden an diesem Morgen kreuzten, schauten wir uns kurz an, sagten nichts, nickten uns nur leicht zu. Er wusste, ich hatte ihn verstanden.

Plötzlich erschien meine Mutter auf dem Hof. »Hier bist du, Kind! Du hast ja das Tuch noch um!«, rief sie. Ihre Stimme klang aufgeregt. »Jochen, es ist was mit deiner Mutter«, sagte sie zum Rundenläufer, dann griff sie meine Hand und zog mich durch das Tor zur Straße. Draußen standen viele Leute, auch Andreas und Alexander. Ich sah ein Feuerwehrauto kommen. »Was ist denn passiert?«, fragte ich. »Die Mutter vom Jochen hat den Gashahn aufgelassen, und jetzt hat sie das ganze Gas in der Wohnung.« Ich verstand nicht, was sie damit meinte. Ich hatte den Rundenläufer oft mit seiner Mutter einkaufen gehen sehen. Sie war schon eine alte Frau. Als sie nach draußen getragen wurde, hing ihr langes, graues Haar über die Trage. Der Rundenläufer stürzte ihr hinterher. Er schrie laut, aber ganz ohne Worte. Ein paar Männer hielten ihn an den Armen, und als er anfing zu treten, auch an den Beinen fest. Man trug ihn zu einem Auto. Er brüllte und wand sich, bis er hinter der geschlossenen Autotür verschwunden war.

Noch an diesem Morgen schnitt mir meine Mutter mit der Küchenschere das Band vom Hals. Ich weinte dabei, weil ich daran dachte, was die Lehrerin wohl sagen würde. Noch ahnte ich nicht, dass ich das Tuch ohnehin bald nicht mehr brauchen würde. Ich wusste auch nicht, dass ich den Rundenläufer und seine Mutter nie wieder sehen würde. Nur heute denke ich manchmal, wenn ich so aus dem Fenster schaue und die Jogger, die Walker und die Leute mit den Skistöcken sehe, dann denke ich, das hätte ihm vielleicht gefallen.

Texte der Preisträger

Autorenwerkstatt

Elisabeth Laabs

Otjez – Vater

Heute sehe ich mir das Band der Preisverleihung an. Meine Mutter gab es mir vor zwei Jahren. Ich glaube, Klaus hatte es aufgenommen, ausgerechnet. »Sieh es dir an, wenn du willst, wann du willst, Sergej«, sagte sie mir, nicht ohne Enttäuschung in ihrer Stimme.

Nun habe ich alles vorbereitet, habe an alles gedacht, die Kaffeetasse ausgetrunken, die Zigaretten weggepackt, den Telefonstecker gezogen. Vorher rief ich noch Anke an, sie solle in einer Stunde hier sein, komme, was wolle.

Das Zimmer ist dunkel, so schwarz, dass ich mich nicht sehen, vielleicht noch nicht einmal hören kann, nur erahnen. Ich ahne, dass hier in der Dunkelheit Sergej Iwanowitsch Burlakow sitzt, 22 Jahre alt und vor sechs Jahren in dieses Land gekommen, als seine Mutter Klaus heiratete. Er ist stolz, dieser Sergej, dass er erreichte, was er bisher erreichte, und dass er fünf Wodka trinken kann, ohne sich preiszugeben, ohne den anderen sein bisheriges Leben, sein Heimweh entgegen zu schmeißen. Der in einem säurefesten Mantel lebt und sich bewegt, während er innerlich verätzt. Der es still aufnahm, als Klaus ihm mitteilte, seine Mutter und er brauchten das Haus nun für sich, und schließlich sei er ja nun in dem Alter, und der daraufhin beschloss, Arzt zu werden.

Heute drücke ich den »Play«-Knopf, und es ist leichter als erwartet. Unsere ehemalige Nationalhymne ergießt sich in den Raum, und es könnte auch eine der Nächte sein, in deren Mitte ich das Radio anstelle und den russischen Sender suche, um sie zu hören. Doch hier wird das Bild mitgeliefert: Stuhlreihen voller Koryphäen des Landes und eine große Bühne mit schwerem Vorhang. Am Podest steht ein bekannter Schauspieler in seinem albernen hellblauen Jackett und bittet eine Forschergruppe nach vorn, der es gelang, aus den Gebeinen junger Soldaten die Identität der Gestorbenen festzustellen. Mit seiner patriotischen Stimme berichtet er: »Und so konnte von 700 achtzehnjährigen Kindern bestätigt werden, dass sie in Tschetschenien blieben. Ihre Mütter haben nun darüber Gewissheit, danken dies den Forschern, und sind nun glücklich!« – ich dachte nicht, dass ich so früh würde aufstoßen müssen.

Die Gruppe samt Preis verlässt die Bühne, und ein junges Mädchen mit großen Blumensträußen betritt sie. Ich kenne es und das Operationsverfahren, durch das es vor vielen Jahren geheilt wurde.

Man zeigt eine Aufnahme dieser Operation.

Ich muss doch weinen, wenn nicht jetzt, wann dann?

Doch Pathos und Musik bewegen nichts.

Eher lache ich des Provisoriums wegen, das sich mir bietet. Stofffetzen als Mundschutz, eine einfache Pritsche mit dem kleinen Mädchen und eine Schwester, welche die Infusionsflaschen hält. Dann entdecke ich Igor und Alexej und den mir so gut bekannten Ausdruck der konzentrierten Arbeit in ihrem Gesicht. Jetzt schwenkt die Kamera, und ein Kopf mit dichtem dunklem Haar dreht sich um, ganz kurz, fast beschämt, ein gelber Mundschutz flattert und –

Augen, tiefschwarz, seine, meine;

Die Stirn, meine, seine.

Die großen venengezeichneten Hände,

für einen Moment hilflos

abgelegt, ohne Funktion, Hände,

derer ich mich heute rühme.

Man kann das Band anhalten, genau jetzt, doch ich kann mich nicht bewegen, behindert durch ein dickes Band, das sich um meinen Brustkorb schnürt.

»Iwan Petrowitsch Burlakow, 1988 Selbstmord« kommt der Schlag mitten ins Gesicht mit solch einer Wucht, dass ich nichts erwidere, obwohl ich es besser weiß.

Das Band läuft weiter, der Ausschnitt ist beendet, und ich sehe Igor am Podest den Preis entgegen nehmen.

»In diesem Land muss man vor allem Eines, um Ehre zu erfahren« sagt er, nun mit diesem schiefen Lächeln, das ich ebenfalls an ihm kenne, und 30 Jahre älter als die, die in Tschetschenien blieben, »lange LEBEN!«

Jetzt weine ich, voll Dankbarkeit für Igor, bin offen wie ein Tor im Stacheldraht.

Anke kommt herein, schaltet das Licht wieder an und den Fernseher aus, fragt nicht.

Ich lache ihr zu und frage sie mit nahezu wieder fester Stimme »Nimmst du mich mit?«

»Wohin denn?«

»Nach draußen.«

Sie lächelt, fasst meine Hand und führt mich weg.

Nina Holst

Von den Nachgeborenen

I

Wirklich, ich lebe in finsteren Zeiten!
Jedes Wort ist Politik, der Glückliche
Betrogen, fern der Wirklichkeit.

Jeder spricht über Bäume, doch niemand
Vermag sie zu retten
Jeder der über die Straße geht ist ein Fremder.

Einer verdient seinen Unterhalt, der Andere
Erhält ihn unverdient
Doch alle essen sich satt.
Auch ich; die Verdurstenden verdrängend
Damit das Leben erträglich wird.

Ich wäre auch gerne weise,
Ich habe viel aus den alten Büchern gelesen,
Doch ihre Weisheit
Erkenne ich nicht mehr
Ihre Tugenden erscheinen mir töricht
Jeder ist sich selbst der Nächste, strebt
Möglichst viele seiner Wünsche zu erfüllen
Und die Weisheit kennt niemand mehr
Wirklich, ich lebe in finsteren Zeiten!

II

In den Städten erkenne ich Wohlstand
Gespickt von hoffnungsloser Armut
Doch der Aufruhr hat sich gelegt
Und auch ich empöre mich nur noch selten
So vergeht meine Zeit
Die auf Erden mir gegeben ist.

Gegessen wird zwischen Tür und Angel
Schlachten schlagen wir
Schon lange nicht mehr
Müde erkenne ich keinen Mörder mehr
Tödliche Liebe mahnt zur Vorsicht
Die Natur sehe ich nicht mehr
So vergeht meine Zeit
Die auf Erden mir gegeben ist.

Ich bleibe schwach, das Ziel undefiniert
Es ist verschwommen, für mich
Kaum zu erreichen
So vergeht meine Zeit
Die auf Erden mir gegeben ist.

III

Ihr, die ihr in der Flut untergegangen seid
Aus der wir emporstiegen
Seid vergessen
Eure Schwächen sind die unseren geworden
Der einen finsteren Zeit entronnen
Hat uns die nächste Finsternis eingeholt.

Wir kaufen uns mehr Schuhe als wir wechseln können
Beobachten Krieg, unberührt
Das stetige Unrecht inspiriert
Nur gelegentlich Empörung.

Auch uns wird gelehrt »Hass gegen die Niedrigkeit
Verzerrt die Züge«,
Doch heute tragen wir Masken
Heucheln eure ersehnte Freundlichkeit.

Ihr aber, die ihr wartet
Auf den Menschen, der dem Menschen ein Helfer ist
Euch bitte ich jetzt
Um Nachsicht.

Lena Hammerschmidt

Pipigeruch

Der Pipigeruch ist immer da, und er macht mich wahnsinnig. Er hängt in den Kissen, und er kriecht unter der Decke hervor und fällt durch die Eisenstäbe, und er macht mich wahnsinnig. Aber ich habe andere Probleme, zum Beispiel den Max, der macht nämlich den Pipigeruch, und der macht mich wahnsinnig. Der Max denkt, ich weiß es nicht, dass er den Pipigeruch macht, aber ich weiß es. Der Max ist größer als ich, und er hat eine große Narbe am Bauch, das hab ich gesehen. Er spricht nicht viel, ich ja auch nicht. Nur eben, ich hätte was zu sagen, aber ich will nicht, der Max aber, der hat nichts zu sagen. Er sammelt Streichholzschachteln aus der ganzen Welt, die hat er in einem Koffer unter seinem Bett, ich weiß nicht, warum. Aus allen Ländern sind die, das gibt es gar nicht, so viele Länder und so viele Schachteln. Manchmal, da kriegt er welche geschickt oder sie bringen ihm welche aus dem Urlaub mit. Dann freut sich der Max wie ein kleines Kind und lächelt ganz blöde, weil er ja nicht spricht. Die sind leer, die Schachteln, das hab ich auch gesehen, denn die würden ihm niemals all die Streichhölzer geben. Natürlich nicht. Dann holt er den Koffer unter dem Bett vor und sortiert die neue Schachtel mit ein, er hat alle geordnet nach Ländern und ob Tiere drauf sind oder Autos oder gar nichts, nur der Name von der Firma, wo die Schachtel herkommt. Er ist schon bekloppt, der Max. So bekloppt ist der, dass er den Pipigeruch macht, denn er pinkelt in sein Bett. Wenn man an sein Bett ran geht, dann riecht es immer mehr nach dem Pipigeruch, und man sieht es auch auf dem Laken. Der Max interessiert sich für nichts auf der Welt außer den Streichholzschachteln und da besonders für die Jenny. Die Jenny ist auf einer Streichholzschachtel drauf, die ist aus Österreich, und hinten drauf steht: »Motiv 7: Jenny«. Vorne drauf ist die Jenny, die ist gemalt und grinst den Max jeden Tag an. Mit so ganz weißen Zähnen und roten Haaren und grünen Augen. Sie hält ihre Hand hinter den Haaren an den Kopf, und sie glaubt wohl, dass sie sehr schön ist. Man sieht ihre Brüste. Jeden Tag nimmt der Max die Schachtel mit der Jenny, legt sich auf sein Bett und kuckt die Jenny an. Er ist so stolz auf die Jenny, dass er sie mir mal gezeigt hat, nur kurz, und er hat wieder blöde gegrinst. Die Schachtel, die hat er auch extra, nicht in dem Koffer mit den anderen, sondern in der Schublade von seinem Nachttisch. Jetzt schläft er, der Max, und wahrscheinlich pinkelt er bald wieder in sein Bett, und überall ist der Pipigeruch, der mich wahnsinnig macht. Ich habe manchmal Lust, den Max umzubringen, vielleicht das Kissen aufs Gesicht zu drücken, aber er ist zu stark. Aber ich werde ihm die Schachtel wegnehmen, die mit der Jenny drauf, das mach ich, ja, das mach ich. Da wird er wahnsinnig werden, der Max, da wird er morgen aufwachen und sie suchen, und er wird mich fragen, wo sie ist, und ich werde es ihm nicht sagen. Aber bestimmt muss ich grinsen und dann, weil ich nichts sag, aber der Max weiß, dass nur ich die Jenny haben kann, weil hier ja keiner weiter ist, wird der Max wütend werden und rot im Gesicht. Ich werde weiter nix sagen, und der Max wird immer wütender werden, und bestimmt irgendwann, wenn ich lange genug nix sag, wird er mich umbringen, wahrscheinlich erschlagen. Er ist ja groß und stark. Endlich muss ich den Pipigeruch nicht mehr riechen, der mich so wahnsinnig macht, und das ist gut. Das ist gut, und deshalb werd ich jetzt aufstehen und die Schachtel mit der Jenny drauf ganz leise aus dem Nachttisch nehmen, und dann muss ich nur noch warten bis morgen früh. Schlafen kann ich ja nicht, denn mein Kopf tut so weh von dem Pipigeruch, denn der macht mich wahnsinnig.

Heiner Horlitz

Zehn Minuten

Ich stellte meinen Rucksack auf die Bank und warf einen Blick auf die Uhr, die über dem grauen Bahnsteig schwebte. Es war noch Zeit für eine Zigarette.
Während ich den Rauch ausstieß, suchten meine Augen die Umgebung nach irgendeinem Blickfang ab.

Da standen die alten rostigen Güterwagons wie eingefroren unter einem Netz von Drähten und Hochspannungsleitungen, das sich wirr durch den Himmel schwang.

Eine Bild-Zeitung tanzte über die glänzenden Gleise, neben denen sich kleine grüne Pflanzen aus dem Boden quälten.

Ich vernahm den Flügelschlag einer Taube, die in den verzweigten Rohrbauten des Daches Schutz gesucht hatte und nun in den Himmel stieg.

Dieser Bahnhof war ein einziges Skelett aus kaltem Stahl, das aus dem Boden wucherte.

Es waren nur wenige Menschen auf dem Bahnsteig, die schweigend, in ihre dicken Jacken gehüllt, einfach ins Nichts schauten, und das Nichts schaute zurück.

Woran sie wohl gerade denken, fragte ich mich und nahm einen letzten Zug von der Zigarette.

Sie standen einfach da und starrten, versunken in ihren ganz eigenen Welten, die kein anderer betreten durfte.

Innerhalb weniger Sekunden war ich einer von ihnen geworden und verschwand völlig in meiner Erinnerung.

Ich war an der Ostsee, lag im weißen Sand und sah auf das blaue Meer hinaus. Einige Möwen kreisten schreiend über meinem Kopf, und der Schweiß perlte mir von der Stirn.

Wo waren diese Tage, die mir so klar in Erinnerung geblieben waren? Wahrscheinlich fanden sie einfach nicht mehr genügend Platz in einem Leben, das unauffällig vor sich hinplätscherte. Hatte ich keine Zeit? Nein, ich hatte nur nicht den Mut, mir welche zu nehmen.

Meine Gedanken beschatteten sich, und ich sah in den Himmel.

Ich wünschte mir, dass es Sommer wäre.

In diesem Moment zerriss eine krächzende Stimme aus dem Lautsprecher die Stille und beschallte den ganzen Bahnhof.

»Der Intercity 5210 nach Erfurt verspätet sich voraussichtlich um zehn Minuten. Ich wiederhole ...«

Mit einem Mal regte sich Leben in den Gesichtern der Leute, und sie prüften ihre Uhren. Sie begannen zu schimpfen wie die Rohrspatzen, schüttelten verständnislos die Köpfe und knirschten verärgert mit den Zähnen.

Auch ich hegte Groll, zumal ich den Moment herbeisehnte, an dem ich diese trübe Stadt verlassen konnte, um in ein schönes Wochenende einzutauchen. Ein paar sinnlose Stunden vor dem Fernseher, ein paar Bier mit Freunden und endlich einmal wieder richtig ausschlafen.

Doch ich konnte nichts daran ändern und war schon an Verspätungen der Züge gewöhnt.

In diesem Augenblick fielen einige Regentropfen aus dem grauen Himmel, und ich stülpte mir die Kapuze über.

Zunächst bemerkte ich sie gar nicht und hatte schon wieder die Hand an der Klinke zur Tür meiner Erinnerung, doch dann riss es mich ruckartig in die Realität zurück.

Ein paar Meter neben mir stand eine junge Frau, die sich eine Haarsträhne aus dem Gesicht hinter das Ohr strich.

Sie sah kurz zu mir hinüber, unsere Blicke trafen sich und ruhten einen Moment ineinander. Ihre reinen blauen Augen erschienen mir wie Lichter an diesem dunklen Ort, und mir wurde warm ums Herz.

Nein, sie war keine dieser typischen Frauen, die einfach vor sich hin blühten.

Etwas war anders.

Sie war sehr schön, unaufdringlich schön, nicht eine dieser zurechtgemachten Püppchen, die man heute überall sieht.

Ihre Wangen waren von der kalten Luft gerötet, wildes blondes Haar lag auf ihren Schultern, und ein Hauch von sanfter Melancholie schimmerte in ihrem Gesicht.

Mein Mund öffnete sich und wollte irgendetwas sagen,

doch kein Wort ging mir über die Lippen. Ich war sprachlos.
Sie erschien mir wie eine Seerose, die sich auf einem trüben Gewässer verirrt hat und anmutig vor sich hin treibt.
Der Regen trommelte auf das Dach.
Ich bemerkte es nicht, denn meine Augen sogen noch immer dieses ganz besondere Leuchten in sich auf.
Jetzt wurde mir bewusst, wie offensichtlich ich sie anstarrte, und ich löste den Blick. So recht wusste ich nicht, was ich machen sollte, und beschloss, noch eine Zigarette zu rauchen.
Plötzlich drang mir eine weiche Stimme ins Ohr, und ich zuckte zusammen.
»Entschuldigung, aber hast du eine für mich?«
Vor mir stand die junge Frau und lächelte mich schüchtern an.
Blitzartig tastete ich meine Taschen ab, doch es ließ sich einfach keine Zigarette finden. Ich wurde fast wahnsinnig. Normalerweise habe ich immer noch welche bei mir, aber heute nicht.
Ohne weiter nachzudenken, bot ich ihr meine an, da ich sie noch nicht angesteckt hatte.
»Wir können sie ja gemeinsam rauchen«, schlug sie vor mit diesem Lächeln, das noch immer ihre Lippen schmückte.
Sie nahm ein, zwei Züge, reichte sie mir hinüber, und ich atmete tief ein.
Ich konnte mich an keine Zigarette erinnern, die jemals so gut geschmeckt hatte.
Wir sprachen kein Wort, das übernahmen unsere Blicke, und manchmal, wenn sie besonders lang waren, hatte ich den Eindruck, es entstand eine unsichtbare Brücke zwischen uns.
Mir fiel einfach nichts ein, was ich hätte sagen können, aber vielleicht schwiegen meine Worte auch, weil sie diesen einzigartigen Augenblick nicht zerreißen wollten.
Plötzlich fiel mir auf, dass der Bahnhof gar nicht so hässlich war. Ein seltsames Licht lag auf allen Dingen. Vielleicht hatte ich die kleinen Feinheiten einfach übersehen. Ich genoss es und fühlte mich wie eine Insel im Meer der Zeit.

»Es erhält Einfahrt der Intercity 5210 nach Erfurt. Vorsicht bei der Einfahrt des Zuges.«

Jetzt spürte ich wieder den Atem der Wirklichkeit im Genick, und mich überfiel Traurigkeit. Die Zeit, wo war sie hin? Zehn Minuten erschienen mir so lang, doch sie waren nicht mehr als ein flüchtiger Atemzug der Zeit. Tatsächlich hatte sich der Zeiger der Uhr heimlich vorwärts bewegt.

»Was siehst du mich so an?«, fragte die Uhr.
»Ich will wissen, wie spät es ist.«
»Viel zu spät«, entgegnete sie gleichgültig und schwieg.

Ich trat die Zigarette aus und sah zu der jungen Frau hinüber.

Sie sah traurig aus.

Am liebsten hätte ich sie geküsst, doch irgendetwas hinderte mich daran. Wahrscheinlich würde ich sie dann nie mehr aus dem Kopf bekommen, und jeder einsame Tag wäre eine Qual für mich.

Jetzt brachen einige Sonnenstrahlen durch, und ich sah zum Horizont.

»Komm noch nicht, lieber Zug. Komm noch nicht.«

Doch da sah ich schon einen weißen Streifen näher kommen, und die Stille floh vor dem dumpfen Rauschen der Bahn.

Meine Lippen schenkten der jungen Frau ein Lächeln zum Abschied, und es spiegelte sich auf den ihren wider.

Zischend bremste der Zug, und Unmengen von Leuten strömten aus seinem Bauch. Noch einmal schaute ich nach ihr, doch ich konnte sie nicht mehr finden.

Schließlich stieg ich ein und schwebte noch ein bisschen vor mich hin, ehe ich auf den Sitzen des Alltags wieder Platz nahm. Vor dem Fenster flog die Landschaft in bunten Streifen vorüber.

»Was immer Zeit ist, wir haben zu wenig davon, und sie zu vertun, ist eine Sünde.«

Ich beschloss, bald wieder ans Meer zu fahren, und fiel in einen tiefen Schlaf.

Simone Schröder

Mädchen

Was wird das? Jule schaut so komisch. Warum macht sie das? Ich möchte mich am liebsten vergraben.
Sie sieht so toll aus mit diesem süßen hellbraunen Pferdeschwanz, der beim Gehen immer im Takt wippt.
Und die Sommersprossen, von der Sonne ins Gesicht gesprenkelt. Ihre ganze Nase ist bedeckt.
Ich glaube ich habe mich gerade verliebt. Vielleicht.
Woran merkt man das eigentlich? Alle reden immerzu davon. Schmetterlinge im Bauch und so. Also davon merke ich ja gerade mal gar nichts, bei mir haben wohl eher die Puddingbeine und der Stottergeist zugeschlagen.
Anfängerglück würde meine Schwester jetzt bestimmt sagen. Die ist immer so richtig fies.
Ich glaube es hat schon damit angefangen, dass sie immer lieber noch eine kleine Schwester haben wollte. So zum Puppenspielen und als Freundin.
Stattdessen bekommt sie mich.
– Fuck.
So ein Idiot, der immer nur mit seinem Fußball beschäftigt ist und ihre Puppen nicht auch nur eines Blickes würdigt.
Das Leben kann hart sein. Jetzt muss sie schon seit 15 Jahren mit mir vorlieb nehmen, und ich glaube, so richtig verziehen hat sie mir nie, dass an jenem 23. Juni nicht das gewünschte Blumenmädchen, sondern ein kleiner, lauter Strullermann aus Mamas Bauch gekrochen kam.
Außer mit meiner Schwester hatte ich mit Mädchen dann aber auch nie viel zu tun, die Bekanntschaft mit meiner Schwester reichte mir vollkommen aus, um die Entscheidung zu treffen, den Kontakt zu anderen weiblichen Wesen dieses Planeten gründlichst zu meiden.
Und jetzt bin ich gerade 15 geworden und verknallt.
In ein Mädchen. Chaos vorprogrammiert.
Was soll ich denn zu der sagen?
Scheiße.

Vielleicht hätte ich doch mal mit meiner Schwester über ihre Klamotten, Musik und so einen Kram reden sollen. Dann wüsste ich jetzt wenigstens, wie man so jemanden anspricht. Wollen wir 'ne Runde auf'n Bolzplatz gehen? Wirkt wahrscheinlich nicht gerade Wunder.

Ich glaube, die meisten Mädchen wollen immer so einen romantischen Kram erzählt bekommen. Leider ist das so in etwa das Letzte, wovon ich auch nur ansatzweise Ahnung hätte. Tja, wenn's um die Bundesligatabelle ginge, das wäre mal was ganz anderes.

Aber so ...

Oh Mann, diese Grübchen, wenn sie lacht, und der Mund. Will einfach geküsst werden. Ist doch ganz klar. Wie das wohl schmeckt. Fühlt sich bestimmt toll an, schön weich und so. Worauf denn warten? Sie steht doch eigentlich schon so da, als wollte sie nur von mir angesprochen werden.

Also los, ich stolpere nach vorne.

Auf in die Offensive.

Und Angriff ist schließlich die beste Verteidigung. Oder nicht?!

Meine Güte, wenn sie jetzt merkt, dass ich nur wegen meiner gegelten Haare gerade so groß bin wie sie. Die lacht mich bestimmt gleich aus, eigentlich lacht die auch gar nicht so nett, sondern eher ziemlich arrogant. So als wollte sie sagen: »Ha, ich bin eh die Tollste, und ihr seid doch alle nur kleine Idioten, ich könnte locker schon einen aus der Oberstufe haben.«

Genau so sieht die aus.

Blöde Kuh.

Jetzt schaut sie rüber und lacht. Macht sich wahrscheinlich über mich lustig. Oh nee. Jetzt lauf ich auch noch rot an. Ich glaub, ich gehe gleich.

Sie steht auf, kommt rüber und setzt sich neben mich.

Ich erstarre zu Eis.

Ihre Lippen bewegen sich ziemlich schnell. Für mich läuft das aber eher so zeitlupenmäßig ab. Wie bei Matrix.

Naja, vielleicht nicht so der tollste Vergleich. Leider verstehe ich nichts von dem, was sie mir mitteilen möchte.

Muss wohl auch ziemlich dumm aus der Wäsche geguckt haben, denn sie wiederholt noch mal langsamer:
»Sag mal, du siehst so aus, als hättest du Lust mal 'ne Runde zu tanzen.«

Hatte ich also Recht, sie ist 'ne genau so blöde Kuh wie meine Schwester. Fragt mich, ob ich mit ihr tanzen wolle. Die hat wohl 'n Knall. Ist doch allseits bekannt, dass nur Schwuchteln tanzen. Die denkt doch allen Ernstes, ich würde mich für sie lächerlich machen. Tanzen ... Tss, ich kann es immer noch nicht ganz fassen. Und ich habe anfangs sogar noch kurz gezögert. Wie peinlich. Was hätten denn dann die Kumpels über mich gedacht.
Wackelst du jetzt lieber mit dem Arsch, als Bananenflanken zu schlagen? – Nein, also so etwas muss ich mir nun wirklich nicht anhören.
Komisch. Warum schauen mich eigentlich alle an? Jules braune Augen schauen fordernd und etwas unsicher.
Ob sie es vielleicht gar nicht so gemeint hat. Ich schaue ihr kurz in die Augen, dann sehe ich rüber zu den Jungs.
Ole macht sich gerade noch ein Bier auf. Der grinst schon so höhnisch.
Jule sieht jetzt etwas nervös aus. So ganz überzeugt bin ich nicht mehr, dass sie mich lächerlich machen will.
Aber jetzt egal.
»Ne, eigentlich nicht«, sage ich kühl »ich muss jetzt mal nach Hause. Hab morgen noch ein wichtiges Fußballspiel.«

Ich stehe auf, nehme meine Jacke und gehe.
Ich könnte heulen.

Texte der Preisträger – eine Auswahl

Susanne Täuber

Ich habe in meinem Bett
ein Haar von dir gefunden.
Jetzt kann ich vor Glück
nicht schlafen.

Julia Bernhardt

Mutter hat gekocht

Komm rein, Kind – überall riecht es nach Essen.
Mutter hat gekocht. Den Schulranzen vom Rücken gleiten lassen, die Hände gewaschen, mit Seife, und langsam abgetrocknet, um die Vorfreude zu dehnen.
Mutter hat gekocht. Spargel in Sahnesoße, Kartoffeln mit Basilikum und zum Nachtisch Kirschkompott.
Die Vorfreude breitet sich vom Magen aus übers ganze Sein und liegt sonnig auf der Zunge.
Mutter hat gekocht. Jetzt wird gegessen, jetzt wird geschlemmt, jetzt aber, jetzt. Mutter sitzt am Tisch in ihrer Schürze gegenüber und liest Zeitung. Man ist unter sich, und es duftet durchs ganze Haus. Schön.
Mutter hat gekocht. Schweineschnitzel paniert, Hühnerfrikassee und Camembert, Tomatencremesuppe, Klößchen mit Gulasch, Ratatouille oder Putenbrust, das schmeckt. Überbackene Pilze und Hirschragout, Wackelpudding mit Vanillesoße, hausgemachter Apfelstrudel.
Mutter kocht gut. Mutter hat immer gerötete Hände und nimmt ihre Ringe ab zum Kochen. Sie liegen auf der Fensterbank neben der Spüle, damit sie nicht in den Abfluss geraten. Mutter räumt nach dem Kochen die Zutaten fort und wischt die Anrichte, sie ruft zum Tischdecken, und man muss sich selbst auftun.
Hier ist noch Schmand.
Mutter liest Zeitung beim Kauen, die große Lesebrille auf der Nase, und hat die Ellbogen aufgestützt. Hinterher trinkt sie einen Kaffee, noch immer in der Schürze: der alten, verwaschenen, fadenscheinig gewordenen.
Mutter kocht täglich. Das kann sie gut, was selbst Oma zugibt, und man sagt es ihr als Kompliment und ehrlich:

Schmeckt gut, Mutter.
– Ja? Ehrlich?
Ehrlich.
– Danke, ich gebe mir Mühe. Die Soße ist ein bisschen dünn.
Nein, fabelhaft, einfach fabelhaft. Wie immer.
– Ach – ach was ...
Sie wehrt sich so heftig, als seien Komplimente etwas Verbotenes. Man darf nicht loben, was sie schlecht findet. Wenn man nicht lobt, ist sie beleidigt. Man fragt: Etwas Neues heute?
Mutter liest Zeitung, man isst, man kaut. Man denkt. Wie nicht zu viel essen, wenn es so schmeckt?
Du, Mutter ...
Sie blickt in ihre Zeitung.
Man isst hastiger und rutscht herum vor lauter Unruhe.
– Sitz ordentlich.
Du. Weißt du was, Mutter?
Mutter liest. Ein Blick über den Zeitungsrand:
– Noch Hühnerschenkel? Es ist noch was da, nimm nur.
Man nimmt.
Mutter sagt: Du räumst dann ab, ja?
Sie lässt die guten Gläser von Hand spülen und legt Wert darauf, dass die Maschine sparsam bestückt wird.
Ach, du, stell dir vor, heute ...
– So, ich muss jetzt ...
Mutter muss arbeiten gehen an den Computer. Man darf ihr nicht folgen, solange das Geschirr noch steht, das ist Pflicht. Sie hat schließlich gekocht, den halben Vormittag lang.
Wenn Mutter aus der Küche geht, leckt man die Löffel ab oder zieht die Käsekruste vom Wender, das darf man ruhig, und die letzte Soße auftunken mit Brot, ja, das schmeckt. Mutter selbst isst nicht viel.
Mutter hat Stunden in der Küche gestanden und hat auch so Arbeit genug. Sie seufzt, faltet die Zeitung und nimmt die Lesebrille ab, um die müden Augen zu reiben: seufz, seufz. Sie bindet sich die Schürze ab, schüttelt die Locken und geht ins Wohnzimmer, arbeiten. Sie setzt sich an den Computer und sucht ihre Unterlagen zusammen. So, das war's ...

Mutter sitzt mit dem Rücken zum Raum, während man abräumt in der Küche. Zwischendurch schimpft sie über die chaotisch gekippten Schuhe im Flur: Was soll denn das?

Man stellt das Geschirr zusammen, man räumt ein und pickt immer wieder mal, immer mal wieder, hier und da. Es schmeckt einfach. Man leckt sich die Finger ab, wäscht sich die Hände und schlendert ins Wohnzimmer, als ob nichts sei, nichts. Man streunt herum und lässt Sätze fallen wie aus Zufall, aufdringlich, endlich erzählt man, obwohl man nicht wollte, gegen den Rücken an, wie peinlich.

Und dann fragt Mutter: Hast du alles abgeräumt?

Ja, du hör mal ...

– Wirklich alles?

Hm. Darf ich dir mal was erzählen?

Mutter dreht sich nicht um, Mutters Rücken vorm Monitor leicht nach vorn geneigt. Mutter tippt/liest/prüft mit dem Blick über die Brillengläser hinweg und die Mauer aus Gedrucktem, aus Virtuellem auf Weiß, ist mächtiger als alles, was man innen haben kann jemals. Mutter schlägt im Wörterbuch nach, murmelnd: Aha ...

Man hört nicht auf zu zappeln, während man sich hasst vor lauter Unruhe: wie die Aufmerksamkeit fangen? Man spricht von Noten, um wichtiger zu scheinen: witzig/provokant/traurig oder lügt.

– Sei mal kurz still, ich muss mich konzentrieren. Gleich kannst du weiter.

Mutter tippt schnell und geschickt, die routinierten Blicke zwischen Bildschirm und Vorlage aufgeteilt, sie muss viel arbeiten und kann nichts gebrauchen an Ballast.

– Gleich kommen Leute.

Leute: Zu denen muss sie freundlich sein. Sie kommen jeden Tag, fremde Leute mit fremden Sorgen, mit denen sich Mutter beschäftigt von Berufs wegen. Mutter dolmetscht amtliche Papiere und hilft, wenn man mit Behörden nicht zurechtkommt. Sie ist ein Engel, sagen die Leute. Manche sind stundenlang bei der Mutter, sie stellt Kekse auf den Tisch und lässt die Leute reden. Sie hilft mit dem Papierkram und auch sonst, wenn sie nicht zurechtkommen im fremden Land. Es ist ja schwer am Anfang.

Wenn es klingelt, sind es meistens Leute. Mit Termin oder ohne. Man muss lächeln, wann immer sie kommen, manchmal noch spät abends, unangemeldet. Mutter weist keinen ab und schickt einen nach oben, damit man nicht im Weg rumsteht. Hast du denn keine Schulaufgaben? Oder Mutter sagt: Meinetwegen erzähl, aber ich habe nur fünf Minuten, gleich kommen Leute. Nur, damit du Bescheid weißt.

Man weiß gut Bescheid, man sagt: Das macht nichts, und man läuft ihr nach durch die ganze Wohnung mit peinlicher Hartnäckigkeit, den schmalen Rücken als Fixpunkt, während sie Unterlagen zusammensucht und herumräumt, damit es anständig aussieht: Gleich kommen Leute.

– Wenn du willst, kannst du reden, aber ich werde dabei die Wäsche machen. Wenn dir das nichts ausmacht.

Nein. Im Wäscheraum ist es schummrig und laut, weil der Trockner geht oder die Maschine oder der Heizkessel summt. Man redet. Je unerwünschter, desto lauter.

Robin Hofmann

Die Bratwurst

Rosa, knusperbraun von zartem Schmelz.
Hoch wirst du mich beglücken.
Knackig hart! O Gott vergelt's!
Muss dich in ein Brötchen drücken.

Sanft wiegt Senf auf deinem Rücken.
Liegst warm und weich in meinen Händen.
Verstehst so gut mich zu verzücken,
Mit beiden Zipfeln deiner Enden.

Willst dich wehren, willst dich wenden,
Mutig deinem Schicksal trutzen.
Lass mich nicht von deiner Anmut blenden!
Nimmer! Liebste Bratwurst mein. Dich werd ich verputzen!

Kerstin Dämon

Der Traum vom Fliegen oder Schenkst du mir eine Geschichte?

»Kommst du mal wieder vorbei? Mir ist so langweilig. Meine Mutter ist wieder nach Hause gefahren, sie kommt nächste Woche wieder.« Ich zucke zusammen, als ich höre, wie dünn und schwach ihre Stimme geworden ist. »Klar«, sage ich. »Was soll ich dir denn mitbringen?« »Eine Geschichte übers Fliegen. Eine schöne. Und Kakao.« »Na logisch, Maus, ich komm morgen um drei bei dir rein.« Damit lege ich auf. Ich kenne sie, seitdem ich im Heidelberger DKFZ, dem Deutschen Krebsforschungszentrum, ein Praktikum gemacht habe. Sie ist neun, ihr Körper ist dünn und ausgemergelt, ihr Kopf kahl und ihre Haut blass, die Augen sind riesig ohne Wimpern und Brauen. Uns verbindet eine seltsame Freundschaft, ich bin zehn Jahre älter als sie. Sie hat mit ihrer Familie bei Düsseldorf gelebt, jetzt wechseln sich die Eltern bei ihr im Kinderklinikum und bei ihrem Bruder zu Hause ab.

Zimmer 7 hat mehr von einem Wohnzimmer als von einem Krankenzimmer. Ein Fernseher, alles ist voll mit Plüschtieren, Büchern, Bildern, Beistelltischchen und Nippes. Sie hat ihre eigene Bettwäsche. Sie wohnt seit zwei Jahren hier. Seit einem Jahr besuche ich sie und bringe ihr Geschichten mit. Immer übers Fliegen, die mag sie am liebsten. Mittlerweile habe ich eine Menge Fluggeschichten. Dass ich die vielleicht mal binden und ihr schenken möchte, habe ich ihr beim letzten Mal erzählt.

»Irgendwann kann ich auch fliegen«, hat sie einmal gesagt. Das hat mir ganz schön den Hals zugeschnürt. Je kleiner die Patienten, desto tapferer sind sie, und desto eher akzeptieren sie ihr Schicksal. Erwachsene verdrängen den Tod manchmal sogar im Endstadium noch.

Ich setze mich also an meinen alten PC und schließe die Augen. Fantasy, denke ich, das hatten wir noch nicht, und tippe drauflos. Wie immer verselbstständigt sich meine Geschichte, die sie »Mutmachgeschichten« nennt. Durchhalten und Hoffen kommen darin immer wieder vor, auch wenn ich das gar nicht beabsichtige. Es passiert einfach. Nach einigen Stunden halte ich zwei Seiten in den Händen. Man könnte etwas hineinlesen. Sie aber interpretiert meine Sachen nicht. Sie zieht sich ihre Botschaft aus meinen Erzählungen, die sie gerade braucht. Sie kritisiert nie, sie genießt die Abwechslung.

Morgen werde ich noch ein Kinderbuch besorgen und im Klinikum am Automaten eine Flasche Kakao ziehen. Seit sie nicht mehr so häufig aufstehen kann, lässt sie sich ihren Kakao immer bringen. Im Haus gibt es nur Tee und Wasser.

»Kundschaft!«, rufe ich und stecke den Kopf zur Tür herein. Ich erschrecke, als ich sie sehe. Sie ist noch dünner, die Augen liegen noch tiefer in ihren dunkel geränderten Höhlen, in ihrer Nase steckt ein schmaler Schlauch, der zu einer Sauerstoffflasche neben ihrem Bett führt. »Hallo du. Du hast aber lange gebraucht. Was hast du da?« Sie sieht zu mir auf und lächelt. »Automatenkakao, eine selbst gemachte Geschichte und Leselöwen Piloten-Geschichten.« Ich setze mich an ihr Bett und streichele über ihren kahlen Kopf. »Ach du, ich kann doch fast nichts mehr sehen, wie soll ich denn da lesen?« Daran hatte ich nicht mehr gedacht. Dass ihre Wirbelsäule und ihr Bronchialast mit Tumoren übersät sind, weiß ich, weil sie kaum Luft bekommt und ohne Morphium nicht gehen kann. Dass das Karzinom in ihrem Gehirn so rasant wächst, verdränge ich zumeist. Sie ist doch noch so jung. Am Kakao nippt sie nur, das Schlucken scheint ihr heute wieder besonders schwer zu fallen. »Chemo?«, frage ich. »Gestern«, nickt sie. »Arme Maus. War's schlimm?« »Nicht schlimmer als sonst auch. Ich darf aber über Weihnachten wieder nach Hause.« Wir drücken uns kurz. Wie oft sie Weihnachten noch erleben wird, darüber will ich nicht nachdenken. Ich habe einen kleinen Plüschelch für sie gekauft, mit Fliegerbrille und Lederkappe. Noch zwei Wochen, dann ist Heiligabend. Ich werde ihn beim nächsten Besuch in ihre Tasche schmuggeln, dann kann sie ihn daheim auspacken. Oder ich komme, während sie weg ist, und setze ihn auf

ihr Kopfkissen, damit er sie begrüßt, wenn sie wieder auf Station kommt.
»Schenkst du mir alle Geschichten, die du geschrieben hast? Irgendwann? Die selbst gemachten? Ich kann sie mir ja vorlesen lassen. Dann hab ich was, wenn du weg bist und meine Eltern nicht hier sind.« »Na klar mache ich das«, antworte ich. »Aber erst mal hast du ja dein Leselöwenbuch zum Vorlesen. Das ist bestimmt auch schön.«
»Ja, aber die, die Leselöwen schreiben, bekommen dafür Geld. Und du machst das selbst. Das ist viel schöner. Aber jetzt sag mal, wie heißt denn dein Märchen?« Ich muss lächeln. In diesen großen trüben Augen blinkt so oft die pure Begeisterung und Lebensfreude auf, dass es ansteckend sein kann. »Der Traum vom Fliegen«, sage ich. »Soll ich anfangen?« »Bitte, ja«, strahlt sie und rutscht in ihren Kissen hin und her. Ich stelle ihre Kochsalzlösung am Tropf noch mal richtig ein, damit wir beim Lesen nicht unterbrochen werden, und stütze sie mit einem Kissen im Rücken. Dann beuge ich mich zu ihr hin und beginne zu lesen:

Mein Lieblingsbuch ist immer Peterchens Mondfahrt gewesen, weil ich auch Peter heiße und gerne einmal zum Mond möchte. Die Welt von oben sehen, das stelle ich mir toll vor. Alles klein und unbedeutend und trotzdem soooooo faszinierend schön. Vielleicht würde ich ja sogar Engel treffen. Oder den lieben Gott. Als ich heute Abend beim Zubettbringen meinen Vater gefragt habe, sagte er, eine Mondfahrt sei viel zu teuer. Ich solle doch lieber schlafen und im Schlaf fliegen. »Geht das denn?«, habe ich ihn gefragt. Da hat er gelacht und mir über das Haar gestrichen. »Probier es doch mal aus«, antwortete er. Als ich gerade am Eindämmern bin, fliegt plötzlich etwas so fest gegen mein Fenster, dass der hölzerne Laden nach innen aufschwingt. Ruckzuck springe ich auf und sehe nach. Ich traue meinen Augen nicht. Auf dem Fensterbrett sitzt ein großer Adler mit einem weißen Kopf und schaut mich aus schönen, gelbbraunen Knopfaugen an. »So«, sagt er. »Du willst also zum Mond?« »Du kannst ja sprechen«, rufe ich ganz aufgeregt. »Natürlich kann ich das. Willst du nun zum Mond oder nicht?« »Ja, natürlich will ich zum Mond«, *stottere ich.* »Ich möchte die Welt einmal von oben sehen.« »Ja, das habe ich mir gedacht«, *nickt der Adler.* »Aber was du suchst, ist nicht der Mond. Du suchst das Glück.« »Das Glück?«, *staune ich.* »Wieso Glück? Ich habe doch Glück. Mir geht es gut.« *Doch er überhört meinen Einwand.* »Komm mit mir«, *sagt der Adler.* »Ich gehe das Glück suchen.« »Aber ich habe doch gar keine Flügel«, *sage ich.* »Die brauchst du auch nicht.« *Dann fliegt er davon. Ich schaue ihm nach, breite meine Arme aus, springe – und tatsächlich – ich fliege!* »Siehst du?«, *ruft mir der Adler zu.* »Es ist ganz einfach. Man kann fliegen, wenn man es sich nur ganz feste wünscht. Komm, fliegen wir nach Afrika, hier ist es so kalt. Ich zeige dir, wie glücklich Menschen sein können, obwohl es ihnen nicht gut geht und sie nicht alles haben. Die haben Glück, weil sie Liebe haben, Hoffnung und Träume. Das Glück ist so vielseitig, dass es ein Mensch gar nicht begreifen kann, wenn er nicht das Glück anderer Menschen gesehen hat. Vom Mond aus kann man das Glück nicht sehen. Man sieht es nur, wenn man niedrig genug über der Erde fliegt, um Lachen und Weinen hören zu können.« *Verständnislos schaue ich den Adler an.* »Weinen gehört zum Glück?« »Natürlich«, *sagt er.* »Wie willst du Freude erkennen, wenn es dir immer gut geht. Außerdem gibt es auch Freudentränen. Als dich deine Mutter nach deiner Geburt das erste Mal im Arm gehalten hat, hat sie geweint, weil sie sich so über dich gefreut hat und weil sie so glücklich war.« »Was du alles weißt?«, *frage ich erstaunt.* »Mir bleibt nichts verborgen, und ich bin schon sehr, sehr alt.«

»Der Adler ist bestimmt der Tod«, *unterbricht sie mich, und ich muss schlucken.* »Wie kommst du denn jetzt darauf? Er könnte doch genauso gut das Leben sein oder ein Engel oder Gott oder sonst irgendwer. Würde der Tod denn dem Jungen das Glück zeigen wollen?«

Manchmal verblüfft sie mich mit ihren Antworten, manchmal mit ihren Fragen, manchmal mit beidem. Heute tut sie es mit beidem. »Na, wieso nicht. Tot sein muss doch nichts Schlimmes sein. Oder?« Ich möchte einem Kind nicht sagen, dass ich es schlimm finde, wenn Kinder sterben. Sie weiß ja ohnehin, dass sie nicht alt werden wird. »Soll ich weiterlesen, Schnecke, oder strengt es dich zu sehr an?« Ihr kleines Gesicht verfinstert sich. »Es macht mir nichts aus. Ich bin ziemlich stark. Mich strengt nichts an. Guck mal hier!« Sie hält mir ihr dünnes Ärmchen entgegen und präsentiert mir die kaum sichtbaren Muskeln. »Junge, Junge, nicht schlecht«, sage ich und umfasse mit Daumen und Zeigefinger ihren Oberarm. Ihr Blut pulsiert schnell unter meinem Druck. Ich habe oft Angst, dass sie in meinen Händen zerbricht wie Porzellan. »Lies weiter«, fordert sie und reckt ihr spitzes Kinn trotzig vor.

»Wie alt bist du?«, frage ich. »Oh«, sagt der Adler, »älter als die Welt.« »Aber wo warst du, als es die Welt noch nicht gab, und wo hast du Mäuse gefangen, und warst du nicht schrecklich einsam, so ganz ohne andere Adler?« »Tja«, seufzt der Adler da. »Ich habe mit der Zeit gesessen und Karten gespielt, bis der alte Mann kam und sagte, es sei nun so weit, dass ich meinen Auftrag erfülle.« »Wo hast du gesessen?«, frage ich mit großen Augen. »Na da, auf dem Hund«, grinst der Adler und zeigt mit dem Flügel auf den Morgenstern, der gerade über der Serengeti aufgeht. »Auf dem Sirius?«, starre ich ihn ungläubig an. »Und du hast mit der Zeit Karten gespielt? Wer bist du?« »Ich bin der, der die Karten austeilt«, sagt der Adler. »Ab und an fliege ich über die Welt und schaue nach, was die Menschen aus ihren Karten gemacht haben. Manch einer hat ein Ass und spielt ein schlechtes Blatt, viele haben nur eine mäßige Karte und spielen sie hoch aus, so dass sie nachher einen König in der Hand halten, aber viele, die nur eine Kreuz Zwei bekommen haben, die haben später ein Herz Ass. Das kommt ganz darauf an, wie sie mit ihrer Karte umgehen und was Glück für sie ist.« Ich komme aus dem Staunen nicht heraus. »Welche Karte habe ich? Wieso erzählst du mir das alles?« Ich erzähle dir das, weil du den Mond sehen wolltest, und ich mir dachte, dass es besser sei, ich zeige dir die Welt und das Glück. Der Mond hilft

dir beim Spielen nämlich nichts. Der ist einfach nur da. Welche Karte du hast, das musst du selbst herausfinden. Aber du musst versuchen, so gut zu spielen, wie es geht. Es ist wie mit dem Fliegen. Du musst nur wollen, dann klappt alles. Du darfst nie die Hoffnung aufgeben. Denn am Ende kommt die Zeit und nimmt dir deine Karte wieder weg. Dann spielen wir beide eine Runde, und ich verteile die Karten neu. So ist der Kreislauf.
Schau, dort unten am Fluss das Mädchen. Es hat ein Ass, aber im Augenblick glaubt es, nur eine Zwei zu haben. Ihrem Volk geht es schlecht, alle hungern. Aber warte mal, bis sie größer wird und ihre Karte erkennt. Dann kann sie ihr Ass ausspielen. So, nun flieg wieder nach Hause, kleiner neuer Freund, und pass gut auf deine Karte auf.« Ich bin ganz verwirrt von dem, was der Adler gesagt hatte. Grübelnd fliege ich nach Hause und lande auf meiner Fensterbank. Ich schaue in mein Zimmer hinein und entdecke mich, wie ich schlafend in meinem Bett liege. Ob mein Vater das gemeint hat, mit »im Schlaf fliegen«?

»Die war schön«, sagt sie. »So eine Mutmachgeschichte. Was meinst du, was ich für eine Karte habe?« Ich muss lächeln. »Auf jeden Fall Herz. Weil dich alle mögen.« »Nicht alle. Wenn ich draußen im Rolli gefahren werde, haben viele Angst vor mir. Die gucken entweder weg oder starren mich an.« Da tut es mir wieder unendlich Leid, dieses kleine Mädchen. »Die sind bloß dumm, und wissen nicht, dass Krebskinder nicht giftig sind«, sage ich. »Denen hat nie jemand gesagt, dass diese Krankheit nicht ansteckend ist.« Ich lege meinen Arm um ihren warmen Körper. »Wir sind keine Monster«, sagt sie schluchzend. »Das wissen wir alle, deine Freundinnen, dein Bruder, deine Familie, die anderen Kinder hier, die Schwestern, die Pfleger, die Ärzte. Alle mögen euch.« Sie schaut zu mir auf. »Ja, ihr wisst das. Aber die normalen, die gesunden Leute nicht. Für die gehören wir nicht dazu. Wir haben keine Karten. Weißt du, was ich mir am meisten zu Weihnachten wünsche? Haare. Ich möchte wieder Haare haben wie früher. Da hat mich niemand angestarrt. Da fanden mich alle süß.« In letzter

Zeit häufen sich diese Durchhänger. Ich würde sie gerne auf die Chemo schieben. Ich halte sie ganz fest im Arm. »Du, langsam muss ich gehen«, flüstere ich. »Ich komme aber vor Weihnachten noch mal vorbei. Dann schenke ich dir deine Geschichten, ja?«

Sie ist ein tapferer kleiner Mensch. Als ich ihr am 20. Dezember den Elch und die mittlerweile gebundenen Geschichten bringen will, ist das Zimmer leer. Keine Micky-Maus-Bettwäsche, keine Poster, kein Window-Colour, keine Kuscheltiere. Ihre Eltern haben sie heim geholt. Zum Sterben. Ich gebe meine Geschenke der Krankenschwester. Ich weiß ja nicht einmal ihre Adresse. Verloren stehe ich vor der Klinik. Das war wohl das letzte Mal im DKFZ; Zimmer 7. Mit hängenden Schultern gehe ich durch den Stadtpark nach Hause.

Hannah Engler

'nen Vogel

Rückwärts um die Biege laufen,
Tomatensuppe mit Cognac saufen,
Sechsmal auf der Stelle hüpfen,
Mal in Omas Dirndl schlüpfen.

Über einem Abgrund hangeln,
Sich mit seinem Bruder rangeln,
Ein Feuer aus Kleidern entzündeln,
Alle meine Unterhosen bündeln.

Dem Briefträger 'ne Peitsche schenken,
Ganz fest ans Denken denken,
Nackt in den Matsch reinspringen,
Mitten in der U-Bahn Country singen.

Bis zum Umfallen im Kreise drehn,
Am besten dabei auf dem Kopfe stehn,
Als Drache durch die Straße toben,
Den Taschendieb für gute Arbeit loben.

Im Bikini im Schnee rumwälzen,
Mit Lumpen auf 'nem Laufsteg stelzen,
In einem Berg voll Laube landen,
Mit 'nem Floß am Gulli stranden.

Lachen ohne Grund,
Singen mit dem Mund,
Auf!, zur Reise,
Jeder hat doch mal 'ne Meise!

Julia Dathe

Spaziergang im Februar

Unsere Finger sind sich Reibeflächen
in einer weiß abgeglichenen Landschaft
entfachen wir uns.
In den Bäumen hängen die Misteln wie Nester
und meine Kohlmeisenküsse fliegen zu dir.

David Gerhardt

Frische Tomaten

Es war einer jener kalten, aber sonnenklaren Novembertage, an dem ich über den Wochenmarkt schlenderte; nicht, weil ich unbedingt etwas kaufen wollte, sondern vielmehr, weil ich herausfinden, ja, beweisen wollte, dass diese Welt des Kleinhandels, des glänzenden Obstes und der frierenden Verkäuferhände, noch etwas mit mir zu tun hatte. Ich stellte mich nicht selten auf solche Proben, um mir meiner Abgehobenheit gegenüber meinen Mitmenschen bewusst zu werden und sie aufs Schärfste zu bekämpfen.

So ging ich also mit meiner Stofftütenattrappe an den schlecht besuchten Ständen vorbei, stieß meinen Atem aus und besah mir den von mir selbst erzeugten Dampf, der an Zigarettenrauch erinnerte.

Ich weiß nicht mehr, ob ich zuerst diese verhaltene, aber laute Stimme wahrnahm, oder ob mir die Frau hinter den Tomatenkisten schon vorher aufgefallen war, die arhythmisch, aber stark betont und unablässig, die Worte »frische Tomaten« ausrief. Trotz ihres Eifers hing über ihrem verfrorenen Gesicht ein Hauch von Niedergeschlagenheit. Wie nebenbei fummelte sie immer wieder mit ihren Händen, scheinbar ohne mit dieser Tätigkeit etwas Sinnvolles zu erreichen, in der vor ihr liegenden Tomatenkiste herum, auf der deutlich, in Schwarz, der Schriftzug »Freilandtomaten« zu lesen war. Sie veränderte hier und dort die Lage einer Frucht, drückte mit dem Zeigefinger auf die glatte Außenhaut oder strich einfach nur sachte mit den Handflächen über das Meer aus roten und zum Teil sogar noch grünlichen Rundungen. Die Tatsache, dass mir diese Fummelei allmählich etwas unappetitlich erschien, war nicht die einzige, die mich dazu brachte, mit meinen Augen vom Stand abzuschweifen. Da war dieser Mann, den ich am Rande meines Sichtfeldes gerade noch erhaschen konnte. Ihn schaute ich jetzt an und vernachlässigte somit für einen Moment meine Eindrücke vom Tomatenstand. Er trug einen grauen Mantel, einen grauen Hut, eine graue Hose und rote Schuhe. Sein Gesicht konnte ich nur schwer erkennen, ein aufmerksames Gesicht, halb von der Hutkrempe verdeckt. Schon seit einigen Sekunden war es nun zu der unaufhörlich für ihre Tomaten werbenden Frau gewandt.

»Frische Tomaten, frische Tomaten ...«, rief sie mit voller Stimme.

Das war durchaus nichts Ungewöhnliches, dass man sich nach einer Marktschreierin umsah. Denn es kam nicht mehr häufig vor, dass jemand auf diese Art und Weise für seine Produkte Werbung machte (jedenfalls nicht in unserer Stadt). Also warum sich nicht über so ein Jahrtausende altes Werbemittel wundern?

Jedoch spürte ich gleich, dass es bei diesem Mann nicht beim bloßen Aufgeschrecktsein bleiben würde. Gespannt verfolgte ich seine unmittelbar folgenden Handlungen. Und tatsächlich bestätigte sich meine Vermutung: Ich durfte Zeuge eines sich anbahnenden Konflikts werden. Die rufende Frau fest im Blick, schlängelte sich der Mann wie von etwas aufgeschreckt durch die mittlerweile zahlreich gewordenen Marktbesucher zu ihrem Stand und unterbrach sie. Ich war ihm in sicherem Abstand gefolgt, damit ich verstehen konnte, was er ihr zu sagen hatte. Deutlich vernahm ich seine etwas kratzige, aber scharfe Stimme.

»Entschuldigen Sie, aber was rufen Sie denn da die ganze Zeit?«, fragte er die Frau mit einer Haltung, die nichts anderes vermuten ließ, als dass er es schon wusste.

»Na, wenn Sie's immer noch nicht verstehen, dann müssen Sie sich eben ein Hörgerät kaufen!«, entgegnete die Frau, die nun einen noch niedergeschlageneren, fast Mitleid erweckenden Gesichtsausdruck bekam als während des Rufens. Allerdings fand sie kaum Zeit, den Kopf zu senken und in ihren Tomaten herum zu mengen, da der Mann erneut seine Stimme anhob und sie zum Aufschauen brachte:

»Ja, denken Sie denn nach, wenn Sie reden?«, rief er nun in barschem Ton. »Sie als Verkäuferin müssten doch wissen, dass Freilandtomaten um diese Jahreszeit nie und nimmer frisch, ja wahrscheinlich nicht einmal von gestern sein können. Ihnen ist doch sicher bekannt, dass Freilandtomaten zurzeit aus Südspanien kommen und eine ganze Weile brauchen, bevor sie verkaufsfertig in ihren Kisten liegen? Verehrte Frau, ich frage Sie, sind Sie sich der Tragweite Ihrer Worte bewusst? Ist Ihnen klar, dass Sie einen Kunden, der Ihre Tomaten im Bewusstsein kauft, dass sie frisch seien, aufs Schamloseste betrügen? Dieser Kunde wird es sich möglicherweise heute Abend gemütlich machen und ein herrliches Brot mit Ihren Tomaten zubereiten. Er wird es mit Salz und Pfeffer bestreuen, und er wird es genießen, weil er in dem naiven Glauben lebt, die Tomaten seien heute erst an sonnendurchfluteten Hainen gepflückt worden. Oder schlimmer noch: Am Ende sind Ihre Tomaten gar keine Freilandtomaten. Womöglich sind sie unter künstlichem Wärmeeinfluss in einem Gewächshaus gereift und haben niemals die lebensspendende Sonnenwärme gespürt. Somit wäre die Bezeichnung ›Freilandtomaten‹ mehr als unangemessen. Also, verehrte Frau, um mich kurz zu fassen, wo auch immer Ihre Tomaten herkommen, Sie begehen einen schweren Fehler und spielen mit der Unkenntnis der Leute.«

Die Frau hauchte warme Luft in die Hände, bevor sie antwortete. Sie hatte mittlerweile auch Zeit dazu, denn der Mann schien vorerst mit seiner Rede am Ende zu sein. Er verharrte in starrer Erwartungshaltung.

Es war ein Bild, das ich nie vergessen werde. Dieser aggressive Blick des Mannes und die plötzlich fast gelassen wirkende Frau. Die harten Worte des Mannes schienen sie eigenartigerweise aus ihrer Niedergeschlagenheit geholt zu haben.

Ich musste meinen Beobachtungsposten näher an den Stand verlegen, um hören zu können, was sie antwortete, da sie leise sprach und ihre Stimme für eine erneute Serie von Ausrufen zu schonen schien.

»Was ist denn daran eigentlich schlimm?«, fragte sie mit abwesendem Blick, »mache ich damit diesen Menschen nicht eine Freude, wenn ich sie in dem Glauben lasse, die Tomaten seien frisch und heute geerntet?«

»Sie bereichern sich an ihnen, an ihrer Gutgläubigkeit!«, rief nun der Mann entrüstet, so dass sich viele nach ihm umdrehten. Die Frau bekam einen roten Kopf und sie lächelte angriffslustig, sah aber gleichzeitig unendlich traurig aus. Der Mann hingegen zeterte nun nach allen Regeln der Kunst, was gar nicht zu ihm passte:

»Sie weichen mir aus! Können der Wahrheit nicht ins Auge sehen ... Sie Schwindlerin ...!«

Die Frau fing aber plötzlich wieder an zu rufen. Lauter, als sie es vorhin getan hatte:

»Frische Tomaten! Frische Tomaten! Frische Tomaten ...«

Sie übertönte den Mann, dessen Gezeter nun kaum mehr zu hören war. Spätestens jetzt hatten die beiden alle Aufmerksamkeit auf sich gelenkt. So wurde ich ein Beobachter unter vielen. Mein Blick war einer unter Dutzenden. Für einen Moment fühlte ich mich zugehörig zu all denen, die den Streitenden zuschauten.

Die Frau schrie, bis ihre Stimme sich überschlug. Sie schien all ihren Schmerz aus sich heraus zu schreien. Tränen liefen ihr über das Gesicht. Sie merkte nicht, dass der Mann mittlerweile verstummt war und sich schüchtern, fast schuldbewusst umsah. Viele Leute empfanden das Geschrei der Frau offensichtlich als unangenehm und entfernten sich. Die Schreie wurden immer schneller und verbissener, und als wollte sie ihr ungewöhnliches Auftreten noch verstärken, manschte sie fest mit ihren Händen in der Tomatenkiste, bis die oberste Lage zu Brei wurde. Es hätte nur noch gefehlt, dass sie dem Mann eine Tomate ins Gesicht geschleudert hätte. Aber nichts dergleichen geschah. Dann hielt sie inne und verschnaufte. »Hier, frische Tomaten!«, fuhr sie den Mann an, der sich entfernen wollte und hielt ihm ihre rotverschmierte Hand hin. »Wissen Sie, wie viele Tomaten ich heute schon verkauft habe, wissen Sie das?«, fragte sie. Der Mann schüttelte den Kopf, während er eilig in seiner Hosentasche kramte. »Zwei Kilo habe ich verkauft. Zwei Kilo! Das bringt noch nicht einmal die Standgebühr wieder rein. Und selbst wenn ich zehn Kilo verkaufen würde, so müsste ich immer noch drauflegen.« Der Mann reichte ihr eilig sein Taschentuch, das er aus seiner Hosentasche gezogen hatte. Dann sah er sich noch einmal um, gab der Frau

einen Geldschein und verschwand zwischen den Ständen. Seine roten Schuhe blitzten noch einen Augenblick lang durch die Menge, das Grau seiner Oberbekleidung hingegen verschwand sofort. Die Frau blieb zurück mit ihrem rot verschmierten Taschentuch, einem verweinten Gesicht und dem Geldschein, dessen Wert ich nicht erkennen konnte.
Ich war nun nicht mehr ein Zuschauer unter vielen. Die Szene hatte die Aufmerksamkeit der Masse nur kurz auf sich gelenkt. Ich war der Einzige, der sie ganz mitbekommen hatte. Ich hatte sie entdeckt. Nur ich wusste, dass die Frau den Schein in ihre Kasse legte und sich mit einem frischen Tempotaschentuch über die Augen fuhr. Nur ich hatte diese ganze Szene in mir aufgenommen und konnte sie von diesem Ort wegtragen. Eine unbedeutende Geschichte.
Schon wieder hob ich ab und merkte, dass ich nicht dazu gehörte.
Ich fragte mich aber, ob es mich dennoch etwas anging.

Michaela Brähler

Winterbaum

Was bleibt uns
am vereisten Wellenlauf

Sumpfiges Grün
rostige Bäume.

Ein Ufer gleicht
der erfrornen Welt.

Kalter Friede liegt
über dem Land.

Hält mein Körper
dem frostigen Atem
stand

Was bleibt uns
vom Puderzuckerbild
im Februar

Was bleibt uns
im kahlen Land

Ein Bernsteinglockenbaum
am Wegesrand.

Friederike Kenneweg

Zum Abschied von Marie

Luise geht durch den Garten. Der Rasen ist mit Raureif überzogen, und nur wenige Blumen haben den Kampf mit dem Winter noch nicht verloren. Am liebsten möchte sie Ringelblumen haben, groß und warm und orange und freundlich. Die Ringelblumen im Garten ihrer Eltern haben sich in der Kälte zusammengezogen. Sie sehen verfroren und schüchtern aus. Wie soll daraus bloß ein schöner Strauß werden? Luise schneidet mit der Gartenschere einige Stängel ab. Die Hälse sind zu kurz geraten, das Sträußchen passt gerade so in eine Hand, ohne dass die armseligen kleinen Blüten in der Faust zerquetscht werden. Wie sieht das denn aus, eine letzte Geste, und dann so selbst gebastelt. Sie pflückt einen langen Grashalm ab und schlingt ihn um die Blumen. Beim Knotenmachen reißt er ab.

Abschneiden, abreißen, jetzt nicht noch mehr davon, nur noch die Schuhe zubinden, die Ringelblumen auf die kalten Betonstufen gelegt, los jetzt, lieber gleich gehen, lieber auf dem Bahnhof noch einen Moment warten als hier, dran vorbei kommst du doch nicht, los jetzt, es kommt doch nur auf die Haltung an, nicht mehr verharren, nicht mehr stillstehen, nicht mehr fühlen, los jetzt.

Sie zieht das Gartentor hinter sich zu.

Anne betritt den Blumenladen. Ein Glöckchen klingelt. Zum Glück ist hier nicht alles voller Weihnachtskitsch. Sie möchte gar nicht viel reden, einfach nur Sonnenblumen kaufen und wieder gehen. Die Verkäuferin fragt: »Kann ich etwas für Sie tun?« »Ich hätte gern ein Gesteck mit Sonnenblumen.« »Für welchen Anlass soll es denn sein?« »Es ist für eine Beerdigung.« Das hätte die Floristin gar nicht wissen müssen. Das wollte Anne gar nicht erzählen. Noch nicht davon reden. Noch nicht daran denken. »Ist es für einen Herrn oder für eine Dame?« Anne presst hervor: »Für eine Dame!« Auch das hätte die Floristin gar nicht wissen

müssen. »Aber meinen Sie nicht, dass zu einem solchen Anlass weiße Lilien passender wären?« »Hören Sie, ich möchte keine weißen Lilien, ich möchte ein Gesteck mit Sonnenblumen, und damit Schluss!« Die Floristin guckt pikiert. »Na schön. Aber vielleicht sagen Sie mir noch, welche Blumen dazu kommen sollen – ich würde Ihnen, wenn Sie schon keine Lilien möchten, diese dunkelroten Astern hier als Kontrast empfehlen.«
Das Glöckchen klingelt erneut, als Anne siegreich mit einem Gesteck aus Sonnenblumen den Laden verlässt.
Komischerweise hat es gut getan, hier um etwas kämpfen zu können.

Helen tritt aus der Einfahrt; aus dem Haustor heraus mitten in die Stadt. Nebenan ist ein Solarium. Man müsste ein bisschen Sonne zum Wärmen in die Taschen stecken, vielleicht auch jemandem mitbringen können.
In der einen Jackentasche hat Helen ein Loch. In der anderen entdeckt sie die Konzertkarte vom letzten Samstag. Die düstere Band mit dem wahnsinnigen Sänger, der singt, dass Gott tot ist. Eine gute Show, wenn auch ziemlich extrem, vor allem an dem Tag, an dem sie das mit Marie erfahren hat.
Vor zwei Wochen saß sie noch mit Marie in dem Café hier an der Ecke. Sie haben sich über die typischen Prenzlauer-Berg-Studenten mit den Kinderwagen lustig gemacht, über Studienpläne geredet und über das Bafög-Amt geschimpft. Marie mit den großen grünen Augen, ihrem typischen orangefarbenen Schal und einem übermäßigen Grinsen, das sich über ihr ganzes Gesicht verbreitete.
Am U-Bahnhof überbrüllt ein Betrunkener Helens Gedanken.
Halt einfach die Klappe und verschwinde, denkt Helen, und befühlt das Loch in ihrer Tasche. Das Ausblenden klappt heute nicht wie sonst. Marie, der Betrunkene und der heutige Tag verschwimmen vor ihren Augen im Rattern der U-Bahn.

Eine große Anzahl Menschen, versammelt um ein offenes Grab. Jeder wartet auf seinen Abschiedsmoment. Es stehen fast fünfzig Menschen auf dem kalten Friedhof, und doch

ist es still. Es klingen nur die kleinen Bewegungen nach. Eine Blume, die auf den Sarg fällt. Eine handvoll Sand. Ein Mann tritt vor. Ein kleiner Strauß mit rosa Rosen, wie für eine Brautjungfer. Kurzes Verweilen, ein letzter Blick. Eine Frau, ein Brief, Sand, eine Pause, drei Schritte, zwei Frauen, eine Frühlingsblume, und langsam, wie bei einer Sanduhr, wandern die Anwesenden von der einen Seite des Grabes auf die andere.
Anne und Luise gehen untergehakt zusammen nach vorn. Das Gesteck mit den Sonnenblumen legen die Totengräber später aufs Grab. Luise wirft ihr Sträußchen müder Blumen nach unten, auf die Briefe, die Sträuße, den Sand und den Sarg. Auf die Haltung kommt es an, doch es gibt keine Haltung, es gibt keine Worte, fast stolpern die Schritte, man hält sich an Händen, die Blicke ins Leere, erhoben zur Flucht.
Verweilen und Schritte, eine Blume und Sand, ein Gegenstand schlüpft aus der Hand in die Grube, fast wie ein Streicheln, der Rhythmus des Abschieds, die Trennung vom Jetzt und von ihr.

Helen steht allein vor dem Grab, dünn, aufrecht, zäh. Sie hält sich nicht fest. Keine Blumen, kein Brief. Mit einer raschen, entschiedenen Geste wirft sie Sand ins Grab. Tschüss, Marie. Wenn ich es könnte, hätte ich dir die Sonne mitgebracht. Aber, du weißt es, ich kann es nicht.

Gesichter, Bekannte, wohin noch zum Kaffee, die Stadt rauscht, die Stadt brummt, und quietschend schließt sich das Friedhofstor.

Nicole Kürschner

Spiegelsonett

Es zieht mein Spiegelbild mich in den Spiegel,
in die verzerrte, einzig wahrnehmbare Welt,
wo Nichts am besten, Alles aber nicht gefällt,
und jede Tür hat niemals keinen Riegel.

Hier wohnst du, leere Stille; all dein Schweigen
hat selbst sich aufgezehrt, als dich der Schlaf verließ,
an seiner statt ein Schrei in deine Schöße stieß,
um wild erregt in dir sich zu verzweigen.

Und sein Orgasmus bringt die neue Leere,
Aus der kein Spiegel eine Lehre ziehen kann;
Das Gestern steht in schon versunk'ner Schwere;

die Zeit ist tot; es gibt kein Jetzt, kein Irgendwann;
Die Ewigkeit hat mit dem Nie die Ehre.
Tief in der Stille wächst ein leiser Schrei heran.

Anne Schlehahn

Spuren

Flüchten, nichts wie weg. Ich kann nicht mehr, muss hier raus. Selbst meine Musik übertönt nicht den Lärm meiner streitenden Eltern. Ich halte diesen Krach nicht länger aus. So schalte ich meine Stereoanlage ab, schnappe meinen Parka, schließe leise die Tür hinter mir. Ich sperre den Lärm ein. Sollen sie sich doch die Köpfe einschlagen. Vielleicht würden sie es tun, richtig aufgelegt dazu waren sie. Seit Tagen stritten sie. Erst versuche ich es zu ignorieren, doch an der Wand zerspringende Vasen lassen sich nicht übersehen und überhören. Ich brauche Ruhe, daheim finde ich sie nicht.

So laufe ich die kahlen Steintreppen hinunter, durch ein erbarmungslos weißes Treppenhaus, betrachte kurz die vergilbte Pflanze in der Ecke, die irgendwie fehl am Platze scheint. Der Krach aus unserer Wohnung verstummt langsam. Als ich vor der Tür des Wohnblocks stehe, atme ich tief ein, fülle meine Lungen mit kühler Herbstluft und genieße die Stille. Frische breitet sich in meinem Körper aus und drängt Streit, Eltern, die verrauchte Wohnung und das Gefühl, nichts tun zu können, aus meinem Kopf. Ich bin frei, unbeschwert und laufe in den Stadtpark. Meine Füße umgibt ein Meer aus Braun, Orange, Gelb und Rot. Ich wirbele Wochen von Blättern auf, jage sie wie ein kleines Kind und beobachte, wie der Wind seine Übermacht über das Blättermeer auslebt, es durcheinander wirbelt, auf die Straße treibt, wieder zurückbläst und hoch in die Luft hebt, um es im nächsten Moment fallen zu lassen. Er ist ebenso frei und unbeschwert wie ich. So tollen wir um die Wette, jeder auf seine Art im Ozean der Farben, glücklich, unbeschwert und unbeobachtet tiefer in den Stadtpark hinein. Die Ruhe an diesem Samstag ist ungewöhnlich. Durch das Geäst der Bäume dringt der Stadtlärm nicht hindurch. Ich bin solch eine Stille nicht gewohnt, aber ich genieße sie. Ich bleibe stehen, beobachte den blauen Himmel und die Sonne, während die Blätter mit dem Wind um mich herumwirbeln. Flugzeuge ziehen ihre weißen Streifen ins Blau, verstecken sich in kleinen Wölkchen und begleiten die Vögel ein Stück auf ihrem Weg in den Süden, weit weg von meinen Eltern, wo alle Menschen den ganzen Tag ausgelassen und fröhlich auf der Straße tanzen und nicht mal daran denken, sich zu streiten, weil sie keinen Grund dazu haben.

Der Wind treibt mich. Er bläst mir in den Rücken, will weiter mit dem Laub spielen, gibt schließlich auf. Allein gelassen setze ich mich auf eine Bank und denke nach, die Unbeschwertheit war von kurzer Dauer und flog mit dem Wind davon. Der Gedanke an meine streitenden Eltern zu Hause schleicht sich wieder in meinen Kopf.

Ich stehe in meinem muffigen Zimmer, die Musik bis zum Anschlag aufgedreht und meine E-Gitarre in den Händen. Heavy Metal verdrängt Tränen, verwandelt Trauer in Frust, Hass und Trotz, lässt einen alles andere vergessen. Die harten Rhythmen hämmern mir die Sorgen aus dem Kopf. Ich bin wie im Fieber, versuche auf der E-Gitarre die Solos und Riffs nachzuspielen, verdränge, was mir eben noch Sorgen machte, wandle es in Hass um. Aber Heavy Metal ist kein Allheilmittel, sondern nur eine Droge, die nicht süchtig macht. Die Musik putscht mich auf, sobald ich den Boden unter meinen Füßen im Takt vibrieren spüre. Ich höre genauer hin, übersetze die Texte in meinem Kopf und falle zurück in meinen alten Trübsinn. Ich stehe vor der Anlage, rocke mit meiner Gitarre meine Verzweiflung weg. In diesem Moment geht das Licht aus, Anlage und Gitarre verstummen. Immer noch vom Fieber der Musik am ganzen Körper leicht zitternd und angespannt bis zum letzten Muskel stehe ich im Dunkeln, halte meine Hände verkrampft an der Gitarre, bereit, den nächsten Akkord zu greifen, sobald wieder Musik ertönt. Doch es bleibt still. Mein Blick streift die Zimmertür, wo zwei Schatten im hellen Flurlicht stehen und mich anstarren.

»Kannst du mir mal erklären, warum du so einen Lärm machst?«, fragte der linke Schatten mit immer lauter werdender Stimme, während er auf mich zukommt. Ich schweige, immer noch mit dem Fieber der Musik in meinem Körper.

»Was denkst du dir dabei? Die Leute werden sich über den Krach beschweren!«

Langsam drohe ich zu platzen. Der Schatten verwandelt sich in meine Mutter. Sie brüllt mich an: »Du hältst es wohl nicht mal mehr für nötig zu antworten!« Meine linke Hand krampft sich um den Gitarren-Schaft. Ich schaue ihr ins Gesicht, durchbohre sie mit meinen Blicken und entgegne: »Bei der Lautstärke, mit der ihr euch streitet, ist meine Musik gar nichts dagegen. Ich versuche, euch zu übertönen, aber es geht nicht.«

Sie atmet vor Wut in kurzen Intervallen tief ein. »Was gehen dich unsere Gespräche an?«

»Ist das dein Ernst? Mich lässt es nicht kalt, dass ihr euch ständig zofft. Ich würde lieber in ein Heim gehen, anstatt mich von euch nach der Scheidung fragen zu lassen, mit wem ich weiterhin leben möchte!«, schleudere ich meiner Mutter ins Gesicht, dann kehre ich ihr den Rücken zu. Die Finger um den Schaft der Gitarre beginnen zu zittern, lockern sich aber nicht.

Der rechte Schatten, der bisher im Türrahmen gelehnt hat, verwandelt sich in meinen Vater. Seine Hände packen mich an der Schulter und versuchen, mich herumzureißen.

»Schau deine Mutter an, wenn sie mit dir redet«, zischt er. Wenigstens in einem Punkt sind sie sich einig. Langsam drehe ich mich herum und funkele erst meine Mutter, dann meinen Vater an.

»Ich hasse euch!«, flüstere ich, und noch einmal sehr deutlich: »Ich hasse euch.«

Im selben Moment spüre ich einen feurigen Schmerz auf meiner Wange.

»Denkst du, wir lieben dich?«, höhnt mein Vater, »denkst du, wir brauchen dich?«

Diese Worten schmerzen mehr als eine Ohrfeige. Meine Mutter dreht sich um und läuft ohne ein Wort zu sagen aus der Tür. Er folgt ihr und mit den zwei Schatten verschwindet der Schlüssel meines Zimmers und meine Freiheit.

Dunkelheit. Stille. Ich taste mich zu meinem Bett und setze mich darauf. Die Gitarre ruht auf meinem Schoß. Ich ziehe mit meinen Fingern unsichtbare Linien über das Plastik, umfahre den Tonabnehmer und die Buchsen, streiche einmal am Rand entlang, während ich mich langsam beruhige. Meine kalten, schweißnassen Finger hinterlassen Schmierspuren auf der schwarz glänzenden Oberfläche, genau wie jeder Streit meiner Eltern Spuren in mir hinterlässt, in der Dunkelheit nicht sichtbar. Spuren, welche die Fläche zerkratzen, auf der sie für immer ein Muster bilden. Sie wird nie wieder glatt.

Ich schreie gegen die Dunkelheit an:
»Merkt ihr denn nicht ...« – der Rest geht unter im Krach von draußen.

Rüdiger Oberschür

selbstgespräch

habe mir
nichts
zu sagen
heute

Sebastian Schuster

Kerim

Die Sonne war schon aufgegangen, als er aufwachte. Lange hatten ihn die Erschütterungen der einschlagenden Artillerie wach gehalten. Aufmerksam hatte er jeden Aufprall mit dem vorangegangenen verglichen um zu prüfen, ob die Bedrohung sich näherte oder nicht. Einmal kam sie erschreckend nah. Dann wieder war über Stunden nichts zu hören. Dann erneut der brutale Wecker, der einem half, in dieser Nacht nicht einzuschlafen. Es war die dritte Nacht der Gefechte, die Kerim nun überstanden hatte. Er öffnete die Falltür zum Keller, doch der kleine Ugur und seine Mutter schliefen noch.

Bevor der Krieg ausgebrochen war, waren oft Schüler zu Kerim gekommen, um bei ihm Deutsch zu lernen. Das war in letzter Zeit selten geworden. Vor vier Tagen hatten Ugurs Mutter und ihr Bruder noch einmal zu kommen gewagt und sogar das Kind mitgebracht. Sie wurden von Kämpfen überrascht. In Kerims Keller fanden sie Schutz. Kerim hatte sich entschlossen oben zu bleiben, wollte das Haus verteidigen oder von dem Versteck im Keller ablenken. Drei Nächte hintereinander hatte er nicht geschlafen. Seine Frau war bei der Arbeit in der Stadt, als die Stadt vor drei Tagen überfallen worden war. Kerims Sorge um sie steigerte sein Pflichtgefühl für die kleine Gruppe in seinem Haus. Dennoch starb gleich am ersten Tag Ugurs Onkel. Kerim hatte den jungen Mann nicht davon abhalten können, zum Brunnen zu gehen und Wasser zu holen. Ein Querschläger traf ihn tödlich. Kerim empfand diesen Unfall als seine Schuld und fast als Fingerzeig. Nun sei auch seine Frau verloren, dachte er und merkte, wie die Kraft ihn verließ. Vielleicht lag es an dem Kind unten, dass er durchhielt.

Sein voller Name ist Kerim Samarič. Ich traf ihn in Deutschland. Seine Schwester war in der Firma meines Vaters beschäftigt und bat, ihm eine Arbeit zu geben und ihm und seinem kleinen Jungen den Aufenthalt in Deutschland zu ermöglichen, solange in seiner Heimat Krieg war.

Am zweiten Tag der Kämpfe war ein serbischer Soldat angeschossen vor dem Haus zusammengebrochen. Mühsam schleppten sie ihn herein und verbanden seine Wunde am Bauch, doch die Versuche, ihn zu retten, halfen nichts. In der zweiten Nacht starb der Mann. Einige Stunden später suchte ein neuer Trupp Serben in Kerims Haus Deckung. Die Soldaten drängten ihn an die Wand, die geladene Waffe an der Schläfe. Als sie ihren verbundenen Kameraden entdeckten, ließen sie von Kerim ab. Kerim stand noch starr wie ein Radiator an der Wand, als der Schusswechsel längst vorüber war.

Gegen Ende der dritten Nacht wurde es ruhiger. Nur noch aus der Ferne hörte man schwere Detonationen. Vorsichtig sah Kerim nach, ob noch Gefahr von serbischen Nachzüglern drohte. Er ging in der Dämmerung bis zum Brunnen und zurück, und nichts passierte. Er atmete tief und dankbar die noch kühle Sommerluft, lief hinten herum durch den kleinen Garten, wagte sich bis zur Straße und kehrte ins Haus zurück. Er legte die schweren Schuhe ab, aus denen er tagelang nicht gekommen war. Er entfernte einen Teil des zertrümmerten Rollladens an der Ostseite des Hauses. Am Helm des serbischen Soldaten fand er eine zerfledderte Packung Zigaretten. Eine war noch ganz. Als er die Zigarette anzünden wollte, hörte er den Säugling. Er öffnete die Klappe zum Keller und nahm das Kind auf den Arm. Noch halb schlafend blinzelte ihm die Mutter dankbar zu. Kerim setzte sich ins offene Fenster, zeigte dem jungen Leben auf seinen Beinen die aufgehende Sonne und rauchte. Durch seine zu Schlitzen zusammengezogenen Augen sah er die Sonne wie in Fäden. Spät erkannte er den enormen Schatten eines ausgebrannten Schützenpanzers. Er spürte, wie die Anspannung und Angst der vergangenen Tage wich. Die Starre löste sich. Er sprach mit dem Kind. Er genoss die Zigarette und vergaß einen Moment lang, was geschehen war.

Ein warmes, weites Gefühl von Leben breitete sich langsam und bis in den letzten Winkel seines Körpers aus. Es kam ihm vor, als rühre sich Hoffnung in ihm. Das Foto, das diesen Augenblick festhält, ist bei uns liegen geblieben. Es wundert mich, dass es dieses Foto überhaupt gibt. Eigentlich kann es nur Rhamed gewesen sein, der es aufgenommen hat. Er muss Kerim angetroffen haben in diesem Moment der Ruhe.

Ich habe Kerim als demütigen Mann in Erinnerung. Als Lehrer fand er in Deutschland keine Anstellung. In ständigem Bewusstsein seines Schicksals und im Gedenken an seine Frau verrichtete er jede Arbeit, um Geld für sich und den kleinen Ugur zu verdienen. Er goss Betonelemente und wunderte sich jeden Morgen, dass Beton über Nacht hart wird. Er war von den Strapazen des Krieges gezeichnet. Die Morde, die er gesehen hatte, hatten sich in den Stirnfalten eingegraben und in seinen Augen eingenistet. Er war mager. In den Pausen stand er abseits und rauchte. Erlesen höflich dankte er für jede Zuwendung. Seine Schwester hatte ihn aufgenommen. Ein Bruchteil der Mahlzeiten, die er hier in Deutschland bekam, hätte seine Schüler im Krieg zwei Wochen lang ernährt.

Der friedliche Morgen hatte getrogen. Während es im Westen, um Kerims Haus herum, ruhig blieb und Kerim in der Morgensonne saß, fiel die Stadt. Die fernen Detonationen, die er für abziehendes Feuer gehalten hatte, waren der zweite Angriff auf die Stadt in dieser Nacht. Kerims Frau war tot. Der UCK-Kämpfer Rhamed traf mit Flüchtlingen und Verletzten ein und berichtete, dass auch zwei Familien von den Schülern bei den Kämpfen in der Stadt umgekommen waren. Die Serben hatten jedes Haus geplündert. Hunderte von Menschen hatten in der Theque Schutz gesucht. Die einfallenden Soldaten feuerten durch die geschlossenen Türen und legten Feuer. Rhamed kämpfte. Jeder von ihm niedergestreckte Gegner und jeder Schlag, den er zu verkraften hatte, verlangten ihm äußerste Anstrengung ab. Er hatte vor zwei Monaten seine Familie verloren. Unbändiger Hass auf die Serben trieb ihn, und so war es ihm gelungen, mit seinem Trupp die Stadt zu verlassen. Die zermürbende Sorge, wie die wachsende Zahl der Menschen in seinem Haus satt zu kriegen waren, verdrängte die Trauer. Rhameds Trotz und Kraft machten Mut. Aber dann ging alles ganz schnell.

Eben überredete Rhamed Kerim, zu der Frau und dem Kind in den Keller zu gehen und etwas auszuruhen, als die Serben urplötzlich erneut in das Haus eindrangen. Sie waren nicht von der Straße her, sondern von hinten gekommen. Sie stellten die beiden Männer an die Wand. Sie prüften beide auf Schmauchspuren. Ein serbischer Truppenführer betrat das Lager und überzeugte sich selbst. Er erschoss Rhamed auf der Stelle, Ugurs Mutter nahm er mit.

Das Kind hatte er übersehen. Es hatte sich nicht gerührt, auch nicht, als der Schuss fiel. Kerim trug es unverletzt in einer Tasche aus dem Haus; seitdem ist es bei ihm. Er und die Leute aus der Stadt wurden gezwungen, in einer Kolonne als Schutzschild zwischen den serbischen Panzern zu marschieren. In der nächsten völlig zerbombten Ortschaft in dem breiten Streifen der Verwüstung wurden sie in eine Scheune gesperrt. Alle schwiegen.

Nach Deutschland kam Kerim Samarič über ein Flüchtlingslager. Er hatte von einem Konvoi gehört und wurde mitgenommen, weil er Aussicht auf eine Aufenthaltsgenehmigung hatte. Seine Deutsch half ihm. Von dem Kind hatte er sich nicht trennen wollen. Seine Arbeit machte zwar seinen Aufenthalt in Deutschland möglich, doch als der Kosovokrieg beendet war, wurde er abgeschoben. Seine Schwester berichtet, dass er jetzt fast mittellos mit dem kleinen Ugur in den Bergen nahe der Grenze zu Albanien lebe. Ich betrachte oft das Bild dieses Mannes mit dem fremden Kind, das sein Kind geworden ist. Ich denke mir, dass einer zusammenbricht, wenn er erlebt, was Kerim erleben musste. Dann sehe ich ihn mit der Zigarette in der Sonne sitzen. Er wird es schaffen.

Markus Simon

Der einzige Ort

Weil es schön ist
hier oben.
Weil ich Überblick habe
und die Wolken
mich berühren.
Weil ich als Erster
die neuen Bilder sehe
und sie unten
schon alt geworden sind.

Silvio Wagner

Vor der Liebe steht ein Fisch

Vor der Liebe steht ein Fisch. Allein schwimmt er in einem Aquarium seine Runden. Ein Aquarium mit nur einem Fisch ist einer der traurigsten Zustände überhaupt, ähnlich traurig wie ein leeres Bett. Der Fisch wartet. Immer wieder kommt eine große, dunkle Gestalt zu ihm und verspricht, dass er bald nicht mehr allein sein werde. Wie oft der Fisch das hört, weiß er nicht. Manchmal versucht der Fisch, die Gestalt zu fragen, wann er denn endlich einen Freund oder eine Freundin bekomme, doch bei jedem Versuch verschluckt er sich und kriegt keine Luft mehr. Wie lange das geht, weiß niemand – ein Fischleben lang. Am Ende dieses einsamen und nassen Lebens glaubt der Fisch, eine Gestalt zu sehen, die sich auf ihn zubewegt. Der Fisch will nicht glauben, was er sieht. Er denkt, das Alter spiele ihm einen Streich. Er versucht, sich die Augen zu reiben und sich zu ohrfeigen, damit er aus dem Traum erwache, doch das misslingt. Mit seinen kurzen Flossen kommt er nicht bis an sein Gesicht. Ein Fisch kommt auf ihn zu, der erste Fisch, dem er in seinem Leben begegnet. Jetzt bemerkt er, dass der Fisch aus einem Aquarium gekommen ist, das nur durch eine Luke von seinem getrennt war. Jetzt stehen die Fische einander gegenüber. Der andere Fisch sieht alt aus. Die beiden lächeln müde: Ohne ein Wort zu wechseln, schwimmen sie gemeinsam ihre Runden durchs Aquarium. Dann legen sie sich schlafen, Seite an Seite, und wachen nicht mehr auf.

Andreas Martin Widmann

VERGISS AUCH NICHT DEN REGEN, DER
auf diese stadt fällt, wenn du
erzählst, wo es schön war, vom regen
erzählen ja alle, die wiederkommen

kann schon sein, da gab es noch bars
& museen mit bildern von braque
& klee & den anderen & manchmal
tanz bis tagesanbruch, *das
whiskeyeis schmolz in der morgensonne*, aber

die wiederkommen, erzählen ja alle
vom regen, wenn du erzählst, wo
es schön war, vergiss auch nicht
den regen, der auf diese stadt fällt.

Andreas Martin Widmann

stummfilm

und genau wie du immer gesagt hast
kam kein ton heraus, als
das Licht ausging, lag
über der szene schweigen, ein
beißen auf die unterlippe, ein
zucken mit der schulter und ein
stummer augenblick, zwei
schemen in schwarzweiß
spielten am fenster gegenüber
ein ende wie im spiegel

Patrick Weigel

Blind

Norman wachte auf und öffnete die Augen. Es war dunkel. Nicht, dass ihn das überrascht hätte, denn für Norman war es immer dunkel. Er war blind. Seit er vor sechzehn Jahren ohne Augenlicht auf die Welt gekommen war, war er daran gewöhnt, nichts zu sehen. Seinen Eltern waren die ersten Jahre schwer gefallen, aber sie passten sich dem Umstand an, dass ihr Sohn blind war. Dank einer frühen Förderung hatte er zügig die Schule für Sehbehinderte durchgezogen und war jetzt dabei, seinen Realschulabschluss zu machen.

Er wandte den Kopf zur Seite und tastete nach seiner Uhr auf dem Nachttisch. In der Küche klapperte seine Mutter, mit dem Geschirr, was darauf hin deutete, dass es schon nach neun Uhr sein musste. Sonntags frühstückten seine Eltern immer gegen acht Uhr. Danach saßen sie noch ein wenig beisammen und unterhielten sich.

»Es ist neun Uhr und vierzehn Minuten«, knarrte die elektronische Stimme seiner Uhr. Heute hatte es wohl Eier und gebratenen Speck gegeben, zumindest ließ dies der Geruch vermuten, der schwach in Normans Zimmer zog. Etwas Fettiges am Morgen ... furchtbar!

Er ging zu seinem Schrank, tastete kurz nach der Tür und fühlte nach seinen Klamotten. Seine Mutter hatte vor ein paar Jahren die geniale Idee gehabt, kleine Plastikmarkierungen in seine Hemden und Hosen zu nähen. Die Kombination von Buchstaben und Zahlen auf einem Schild sagte ihm, was er in der Hand hielt und welche Farbe es hatte.

Mit seinen Anziehsachen und einem Handtuch in der Hand tastete er sich fix die Treppe hinab; seinen Stock brauchte er im Haus nicht. Hier kannte er jede Kante, jeden Winkel und jeden Abstand von Tür zu Tür. Seine siebzehnjährige Schwester hatte letztes Jahr mal die schlaue Bemerkung gemacht »Hey, du könntest sicher auch bei Nacht den

Weg durch das Haus finden.« Erst wusste er nicht, was darauf sagen. Danach brach er in schallendes Gelächter aus. Im Bad legte er kurz seine Klamotten hin und ging dann rüber in die Küche.

»Morgen, Mam«, grüßte er sie und schnappte sich die Brötchen, die wie immer neben dem Kühlschrank lagen.

»Oh, der junge Herr ist auch schon wach«, gab seine Mutter zurück, aber er konnte ihr Schmunzeln hören.

»Ja, ja. Wo ist Marie? Dad liest wohl schon Zeitung, aber ich kann sie nicht hören.«

»Sie ist doch heute zum Lernen mit einer Freundin verabredet. Hast du das vergessen?«

»Oh, stimmt ja«, nuschelte Norman, der inzwischen seine Brötchen aß. Nach dem Frühstück ging er unter die Dusche und rasierte sich mühevoll den Flaum vom Kinn. Zuletzt besprenkelte er sich noch mit Duftwässerchen. Schließlich wollte er nachher mit Julie in den Park.

Julie ... dieser Name allein ließ sein Herz ein wenig schneller und vor allem lauter schlagen. Er hatte sie bei der Stadtmeisterschaft im Schach vor ein paar Wochen kennen gelernt. Ihre Stimme klang wie Sonnenschein, der tief und warm unter seine Haut drang. Wenn sie lachte, fühlte es sich an, als kitzelte ihn jemand am Ohr. Norman seufzte. Es fiel ihm schwer, sich einzugestehen, dass sie ihm mehr bedeutete als andere Freundinnen oder Klassenkameradinnen. Vielleicht wollte er das auch gar nicht denken. Was sollte ein nettes, intelligentes Mädchen wie sie mit einem Blinden anfangen?

Nun, immerhin hatte er sie mit 3:2 Spielen besiegt. Sie schien sehr beeindruckt von seinem guten Spiel. Norman besaß ein Figurenset mit kleinen Markierungen für König, Läufer, Turm und die anderen Figuren.

Zwar war er in der nächsten Runde dann ausgeschieden, aber das Achtelfinale zu erreichen, war gar nicht mal so schlecht.

Julie hatte sich nach seinem letzten Spiel noch mit ihm unterhalten und sie hatten festgestellt, dass sie nicht weit voneinander entfernt wohnten.

Der Vormittag zog sich in die Länge. Norman war nach

dem Mittagessen gegen ein Uhr mit ihr am Eingang zum Park verabredet. Musikhören ging ihm irgendwann auf die Nerven, seine Finger konnten nicht konzentriert das Buch lesen, und beim Essenmachen gab es heute auch nichts für ihn zu tun. Marie kam um kurz vor zwölf heim und neckte ihn, dass er roch, als sei er in ein Becken Parfüm gefallen.

Endlich gab es Mittagessen. Norman aß schnell. Er hatte zwar keinen großen Hunger, doch er wollte unter allen Umständen pünktlich sein. Als er fertig war, brachte er seinen Teller weg, zog sich die Schuhe an und holte den Stock aus seinem Zimmer.

»Ich bin zum Abendessen wieder da!«, rief er in die Wohnung.

»Viel Spaß und sei vorsichtig!«, kam die übliche Floskel von seiner Mutter zurück. Glücklicherweise enthielt sich seine Schwester eines Kommentars.

Nachdem er die Tür hinter sich geschlossen hatte, klappte er seinen Stock aus und klackte in Richtung Park. Rechts, links, rechts, links tippte sein Stock auf den Boden. Eigentlich brauchte er ihn nur, um sicher zu sein, dass kein Hindernis vor ihm lag. Die Autos und Geschäfte lieferten genug Geräusche, so dass er nicht vom Gehweg abkam.

Dann hörte er sie. Zuerst weit entfernt, irgendwo hinter ihm, aber sich beständig nähernd. Es waren ein paar Jungs; drei, um genau zu sein. Den Stimmen nach etwa so alt wie er, ihre Tonlage schwankend zwischen dem kindlichen, hohen Stimmen und den tieferen Tönen von Heranwachsenden. Als sie näher kamen, schnappte Norman Satzfetzen auf: »… im Dunkeln«, »… dem auch mal ein Licht aufgeht?«, »Ich geh am Stock, haha!«

Innerlich spannte er sich an, seine Hand krampfte sich etwas fester um den Griff. Nur nicht ärgern lassen oder aufregen.

»Na, wie sieht's denn so aus?«, fragte ihn eine Stimme, jetzt direkt neben ihm. Prusten auf der anderen Seite und hinter Norman über diesen Witz.

»Sag du es mir, ich kann dich nur hören … und riechen.« Das wirkte an einem heißen Tag wie diesem immer. Ein Raunen deutete an, dass Norman mit seiner Bemerkung getroffen hatte. Ein Schmunzeln stahl sich auf seine Lippen.

Dann stieß er im Gehen mit dem Stock gegen etwas. Er blieb stehen und tastete etwas nach links – klack –, wieder ein Hindernis. Nach rechts – klack. Es war klar, was das bedeutete.

»Oh, du bist ja so lustig.« Norman wollte zu den Seiten tasten, aber in dem Moment hielt etwas seinen Stock fest. Scheinbar war der Sprecher doch sehr leicht reizbar. Sein Herz schlug schneller. Es wäre nicht das erste Mal gewesen, dass andere Jungen seine Blindheit ausnutzten und ihn zum Punchingball machten.

»HEY!! Was macht ihr denn da!?«, donnerte in dem Moment eine Stimme, sicherlich keine drei Meter entfernt. Jemand hatte sich der kleinen Gruppe genähert, und Norman hatte es nicht gehört.

»Nichts ...«, kam die Stimme des Anführers, wie Norman mittlerweile vermutete.

»Das habe ich gesehen!«, grollte der unbekannte Retter. »Verschwindet bloß, sonst mache ich euch Beine! Sich an Wehrlosen zu belustigen, ich glaub ja wohl!«

Norman stellte seinen Stock auf und hörte, wie sich die Jungen unter Grummeln und Beschimpfungen zurückzogen.

»Danke, das war wohl rechtzeitig«, sagte er zu der tiefen Stimme, die etwa zwanzig Zentimeter über seinem Kopf ihren Ursprung hatte.

»Keine Ursache. Alles okay bei dir?«, erkundigte sich der Fremde.

»Ja, nichts passiert. Vielen Dank noch mal. Nicht immer, wenn so was passiert, schaut jemand hin. Aber ich muss mich jetzt beeilen.«

»Einen schönen Tag noch und pass auf dich auf«, verabschiedete ihn der Mann.

Endlich war er am Park und wartete auf Julie. Es waren nicht allzu viele Spaziergänger unterwegs, dachte er bei sich, während tapsende Kinderschritte, klappernde Frauenschuhe und stampfende Männerfüße an ihm vorüberzogen. Ein paar Meter entfernt hörte er, wie jemand stehen blieb. Er kannte das Geräusch dieser Schuhe und drehte sich zu Julie um.

»Hallo, Julie!«, rief er ihr zu.

»Wie machst du das nur immer? Ich wollte mich diesmal anschleichen!«, gab sie zurück. Er grinste nur als Antwort. Dann kam sie auf ihn zu und legte ihre Hand auf seine Schulter.

»Hallo du«, grüßte sie ihn nun auch.

»Wollen wir?« kam die Frage, als sie sich an seine Seite stellte und ihm ihren Arm zum Führen anbot. Norman brachte als Antwort nur ein Nicken hervor, denn der Wind hatte gedreht, und seine Nase fing nun ihren leichten Duft auf. Wie tausend Blumen, durch die der Wind weht, dachte er und errötete. Er war sich ihres Arms auf seinem nur zu bewusst, als sie losgingen.

Sie waren eine Weile durch den Park gewandert und hatten sich unterhalten, als er ein Rascheln vernahm, das zu laut für einen Vogel, aber zu leise für einen Menschen war.

»Seht mal, wen wir da haben!«, tönte eine bekannte Stimme plötzlich. Die Jungen von vorhin hatten ihn wieder gefunden. Norman konnte fühlen, wie Julie ihren Kopf erst zu ihm wandte, dann wieder zurück zu den Jungs.

»Was wollt ihr?«, fragte sie, bevor er die Chance hatte, etwas zu sagen.

»Och, wir wollten uns nur mit deinem Freund da unterhalten. Ob er zum Beispiel überhaupt weiß, was für ein gut aussehendes Mädel ihn da führt«, kam es höhnisch zurück.

»Ich denke, er sieht und erfährt mehr um sich herum, als du dir vorstellen kannst!«, kam es scharf von ihr zurück, während sie seine Hand in die ihre nahm und sich vor ihn stellte. Ihre Hand war kalt geworden und verriet ihm ihre Aufregung.

Mit ihrem Ausbruch hatte sie nicht nur Norman überrumpelt, sondern offenbar auch die Gruppe Kleingeister. Zudem hörte er, wie sich eine Familie näherte. Die Jungen machten sich davon. »Ist ja gut, wir sind schon weg ...«, kam noch der lahme Spruch, dann knirschten die Kiesel unter ihren Füßen.

»Das ist heute das zweite Mal, dass sich jemand für mich so einsetzt. Warum hast du das gemacht? Hinter uns kam doch schon jemand.« Er nickte in die Richtung der Familie hinter sich. »Und wie hast du das gemeint, mit dem ›mehr sehen und erfahren‹?«

»Ich glaube«, kam ihre Stimme nun sehr nah vor ihm, »dass du mit deinen Ohren hörst, was wir übersehen und mit den Händen fühlst, was wir nicht erfassen. Aber vor allem«, – eine Hand legte sich warm auf seine Brust –, »dass du hiermit siehst, was andere fühlen.« Dann fühlte er ihre Lippen kurz auf seinen, und ihm kam es vor, als sei die ganze Welt in schillernde Farben getaucht, die in diesem Augenblick nur er und sie sehen konnten.

Gunther Baganz

Abschied

Auf dem Fensterbrett statt Blumen
nur kreisrunde staubfreie Stellen

dafür im Morgenrot Flughafenlichter
wie ein erster Schein der Sonne.

Inhalt

Vorwort · *Preisrede*   7

Texte der Preisträger

Julia Dathe · *Vielleicht hinter Berlin mit Franziska Linkerhand im Gepäck*	13
Christoph Steier · *Funkstille*	14
Mario Osterland · *Versmaß*	20
Sascha Bachmann · *Fort Knocks*	21
Rüdiger Oberschür · *astern après*	25
Cornelia Fiedler · *Der Blasensarg*	26
Christian Rosenau · *Kaffee und Kuchen*	27
Christian Rosenau · *in die Tage nach dem Sommer ...*	28
Isabel Teschke · *Bäume*	29
Katja Thomas · *Das Dorf ist nicht im Tag*	33
Franziska Wilhelm · *Der Rundenläufer*	35

Texte der Preisträger
Autorenwerkstatt

Elisabeth Laabs · *Otjez – Vater*	41
Nina Holst · *Von den Nachgeborenen*	44
Lena Hammerschmidt · *Pipigeruch*	46
Heiner Horlitz · *Zehn Minuten*	48
Simone Schröder · *Mädchen*	52

Texte der Preisträger – eine Auswahl

Susanne Täuber · *Ich habe in meinem bett*	57
Julia Bernhardt · *Mutter hat gekocht*	58

Robin Hofmann · *Die Bratwurst* 62
Kerstin Dämon · *Der Traum vom Fliegen
oder Schenkst du mir eine Geschichte?* 63
Hannah Engler · *'nen Vogel* 70
Julia Dathe · *Spaziergang im Februar* 71
David Gerhardt · *Frische Tomaten* 72
Michaela Brähler · *Winterbaum* 77
Friederike Kenneweg · *Zum Abschied von Marie* 78
Nicole Kürschner · *Spiegelsonett* 81
Anne Schlehahn · *Spuren* 82
Rüdiger Oberschür · *selbstgespräch* 86
Sebastian Schuster · *Kerim* 87
Markus Simon · *Der einzige Ort* 91
Silvio Wagner · *Vor der Liebe steht ein Fisch* 92
Andreas Martin Widmann · *vergiss auch
nicht den regen ...* 93
Andreas Martin Widmann · *stummfilm* 94
Patrick Weigel · *Blind* 95
Gunther Baganz · *Abschied* 101

Alle Teilnehmer des Wettbewerbs

Patrick Albich · Rebecca Aldinger · Carola Angelstein · Robert Arens · Annika Aringer · Jessica Arnet · Miriam Arnold · Katja Arnold · Constanze Arnold · M. Anna P. Aschenbrenner · Jasmin Asis · Carolin Auer · Laura Babáry · Bianca Bachmann · Marie Luise Bachmann · Jamila Baig · Katharina Ballai · Florian Balle · Birgit Bälz · Sebastian Barth · Viktor Bastian · Norman Bastian · Timo Bauer · Susann Baum · Nils Bauman · Heike Becker · Tina Becker · Sabrina Beikirch · Sebastian Beintker · Mischa Bendel · Sabrina Bengs · Astrid Benner · Kathrin Berger · Birgit Berkenhagen · Ina Rachel Berman · Oliver Bernasconi · Vivian Danielle Bernt · Luzy Bickel · Sarah Bickrodt · Maria Stefania Bidian · Silvio Bienert · Daniela Bierbach · Diana Binnewerg · Michael Alexej Bischoff · Franziska Blechschmidt · Cornelius Blume · Jette Blümler · David Bock · Johanna Bodis · Christina Bogus · Victoria Bohn · Katharina Bohn · Katja Bookholdt · Jens Börger · Ulrike Bornkessel · Anika Bosse · Michael Bouffier · Greta Brachmann · Julia Brack · Christian Braun · Anne Brehm · Harry Brinkmann · Sarah Brockhausen · Katharina Brömel · Janina Brücher · Sina Brückner · Susanne Büchner · Sophia Buck · Lisa Bundschuh · Bianca Jasmin Burckhardt · Michaela Burckhart · Vanessa Burgardt · Sophia Burghardt · Vanessa Burk · Lisa Busch · Mandy Buschina · Sarah Janine Bütof · Angelo Cali · Christopher Campbell · Emel Celen · Sebastian Chudalla · Nadine Cordes · Julia Cremer · Stephan Creutzburg · Sabine Croll · Ramona Danz · Sascia Däumichen · Céline Dedaj · Björn Deigner · Tabea Anna Detzel · Jessica di Salvo · Katrin Diel · Andrej Diljevic · Elisabeth Dippold · Ina Distel · Dirk Dittrich · Lina-Juana Dolch · Ann-Christin Dold · Lena Dörries · Andreas Drescher · Daniel Dujic · Anna-Lea Düppe · Cristo Dyandro · Stefan Ebbing · Christl Eberlein · Christian Eck · Claudia Eckert · Katharina Egner · Clara Ehrenwerth · Marc Ehrlicher · Franziska Marie Ehrst · Ilona Eich · Ariane Eichler · Anna Eilenberger · René Eiselt · Annika Eisenberg · Denise Eisenhut · Seray Elele · Christine Emrich · Christin Endter · Annabell Engel · Alexandra Enzensberger · Patrick Epstein · Marcus Erdmann · Marcel Eris · David Eska · Sandra Falkenberg · Linliang Lili Fan · Dennis Fassing · Carlo Faulhaber · Caroline Fecher · Romy Fiedler · Jessica Fiege · Swetlana Fink · Isabel Fischer · Tina Fischer · Gerome Fischer · Sebastian Fitzner · Nils Fleischhacker · Heike Fleischmann · Finn Sergej Fornoff · Nadine Forster · Anja-Maria Foshag · Norma Franke · Jacqueline Frantz · Kati Fräntzel · Ramona Franz · Michael Freiberg · Antje Frick · Elias Friedrichs · Stefanie Fritz · Sabine Frost · Christian Fuchs · Charlotte Gärtner · Martin Geier · Gregor Gentsch · JuliaGenuit · Martin Gierczak · Katrin Gischel · Sonia Glomb · Robert Goetze · Robert Goldschmidt · Nadine Gölz · Juliane Gräfe · Vicki Grasse · Jan-Erik Grebe · Angelina Griesenhofer · Olga Grjasnowa · Katja Grohmann · Christin Großer · Lisa Gruber · Inga Grundke · Andreas Grünes · Lena Hach · Diana Hache · Judith Hackel · Julius Hafer · Daniel Häfke · Herdis Hagen · Verena Hahl · Sharleen Halver · Andreas Hänisch · Anja Hansen · Nadine Hardt · Astrid Hartenstein · Sebastian Hartings · Selina Hartmann · Sarah Harvolk · Fatima Haßkerl · Antje Haupt · Raija Hawly · Ingo Heckwolf · Laura Heinig · Sven Heinrich · Stefan Heinz · Karolin Heinze · Sarah Heinzerling · Sebastian Helfmann · Manuel Heller · Hannah Henke · Manon Henne · Lorenz Hennen · Ulrike Henzel · Philipp Herbert · Imke Herold · Stefanie Herold · Leya Hess · Julia Heuser · Nadine Heusing · Steffi Hielscher · Brooke Alia Hill · Christina Hirschberg· Simone Hirschhäuser · Miriam Hochheimer · Stephan Hochstein · Björn Hoffmann · Christian Hoffmann · Veronique Hofmann · Michelle Hofmann · Christian Hofmann · Kerstin Höfner · Martin Högner · Maike Hohberg · Verena Höhle · Christin Hölzel · Theres Höntzsch · Sarah Hoßfeld · Yorck Hoßfeld · Philipp Hussong · Marina Immke · Matthias Ismail · Benjamin Itter · Diana Jacobi · Björn Jager · Kristin Jahn · Alice Janik · Ipek Jasarova · Léonie Jeismann · Alice Marina Jockel · Anna Joenchen · Sony Joy · Marco Jugel · Janina Jung · Michael Junkert · Franziska Juza · Doreen Kabis · Diana Kaiser · Rajeef Kakkar · Maja Kallenbach · Marina Kampka · Gary Kanisian · Philipp Kanschik · Julia Kanz· Christoph Kanzler · Vincent Christian Kaschner · Marcel Kasprzyk · Christina Kauck · Joel Kaufmann · Jeannette Kaupp · Jessica Keim · Christian Kellner · Douglas Kelly · Nina Kemper · Alice Kerpen · Diana Keucher · Sabrina Kiefer · Stephan Kiefer · Janice Kielbassa · Carina Kilb· Racha Kirakosian · Franziska Kirchner · Hannah Kittel · Kristina Klebes · Benedikt Julius Klein · Noria Klein · Jasmin Kleingärtner · Leonore Kleinkauf · Julia Klimmeck · Ellen Klinghammer · Christian Klopfer · Josefine Klöppel · Andreas Klose · Sara Knabe · Rebekka Knoll · Nora Knörzer · Kristina Köber · Tanja Köbler · Gaby   Koch · Katharina Koester · Jacqueline Kogut · Miriam Köhle · Stefan Köhler · Oliver Köhler · Tina Kollatz · Jan Christopher Kops · Katja Kowalczyk · Anne Kowalsky · Olga Koziol · Michael Krämer · Svenja Kranz · Andreas Kratz · Katharina Kreplin · Maren Kröller · Liane Krömmelbein · Alexander Krönung · Sebastian Krug · Annemarie Krummrich · Anja Kruse · Jessica Kuch · Sonja Kugler · Anina Kühner · Katharina Kullmer · Miriam Kümmel · Kamila Kümmel · André Kümpel · Gerrit Kuntz · Beatrice Kunze · Kerstin Künzl · Dorothee Künzl · Anna Kuschel · Susan Küßner · Benjamin Landgrebe · Stacy Antoinette Lattimore · Katrin Lauerwald · Willi Leinen · Tim Leinert · Franziska Leistner · Carolin Lemuth · Marcus Lenk · Anselm Lenz · Thorsten Lenz · Une Leonhardtsberger · Judith Lesch · Julia Letetzki · Vivien Lewin · Arne Leyenberg · Filipe Lichtenheld · Susanne Liebau · Maria Liebold · Josefine Lilie · Marcel Lind · Susanne Lindenbauer · Julia Lipp · Antonia Lippmann · Saskia Liske · Axel Löber · Martina Löffler · Sandra Löhn · Juliana Lorenz · Renate Lucke · Johanna Ludwig · Janina Ludwig · Matthias Luft · Karin Susan Luther · Dorothee Mader · Anke Mager · Christopher Mandt · Sirus Marandi · Urthe Markus · Michele Martini · Birthe März · Susanne Matejka · Andre May · Joanna Mechnik · Jan Meinl · Daniela Meißner · Franziska Meixner · Esther Menhard · Michaela Mersch · Nadine Mertz · Anne Messerschmidt · Christiane Metag · Jeanette Mey · Scarlett Meyer · Theresa Michel · Marta Michniewicz · Andreas Mihan · Sarah Miserre · Andreas Mitschke · Mandy Mittelbach · Iris Möbius · Mark Möbus · Michael Möhring · Katharina Molitor · Maximilian Möller · Julia Möller · Marie-Isabel Monaco · Anne Mönch · Melanie Morawa · Natalie Mörstedt · Manuel Mousiol · Thomas Müller · Nina Müller · Nadja Müller · Rainer Müller · Nicole Müller · Tobias Müller · Alice-Friederike Müller · Julia Müller · Angela Mund · Sara Myers · Nil Nasir · Melanie Nassoth · Laura Naumann · Marcel Neitzke · Christian Németh · Patrick Neuhaus · Max Neumann · André Neumann · Lisa Neumann · Melanie Neumann · Melanie Neumetzler · Katrin Neuwirth · Johannes Neuwirth · Bastian Nolte · Nadine Nowak · Thomas Oberländer · Max Robin Oberschelp · Katharina Oelze · Nora Okpanyi · Sophia Oppermann · Susan Ortlepp · Linda Ostmann · Yasemin Öteles · Sophie Pastowski · Martin Pätzold · Jan Pauli-Magnus · Christina Peissig · Claudia Peters · Janosch Peters · Tina Patricia Pfab · Lena Pfannkuche · Jasmin Pfeifer · Thomas Pilot · Christian Pirschal · Stephan Pitelka · Franziska Plattner · Olga Polikevic-Zeller · Christoph Ponier · Karsten Prühl · Almuth Pühra · Alexa Laura Pukall · Stefanie Pusch · Bert Pütz · Sebastian Rabold · Theresa Rammelt · Jennifer Rapp · Nicole Raschewski · Aline Raschkowski · Ariane Rathsmann · Kati Rauh · Jennifer Reents · Lieselotte Rehbein · Carolina Rehrmann · Sandra Reichel · Jenny Reichel · Tina Reichert · Daniela Reinhard · Jessica Richards · Janine Richter · Alexander Richter · Stefan Riebel · Johannes Rieck · Jan Rieckmann · Jacintha Ries · Sandra Rinck · Pit Ringel · Florian Ripp · Sabine Rippberger · Lisa Ritzert · Michael Ritzinger · Ivana Rohr · Katharina Rohrer · Mona Röllich · Christopher Romig · Maria Ronneberger · Johannes Ropers · Maria Roschow · Andreas Rosental · Ann-Kathrin Roß · Markus Roth · Elisa Ruhl · Christina Rühl · Stefan Rühl · Imke Rühle · Britt Ruppert · Leona-Vanessa Ruske · Rhea Muriel Rutte · Juliane Saal · Julia Samsonova-Zaiat · Susan Sander · Wilfried Sarajski · Rudigel Sarpong · Simon Saval · Daniel Sawoddeck · Silvia Schäfer · Patrick Schaffel · Romy Anna Schedina · Kay Scheffler · Denise Scheib · Melanie Scheidler · Jasmin Schellmeier · Stefanie Schernau · Maria Schessler · Thomas Schetter · Daniel Scheu · Erik Schiller · Robert Schittko · Martin Schleich · Antje Schlemmer · Philipp Schlotzhauer · Sascha Schmid · Claudia Schmid · Claudia Schmidt · Jacqueline Schmidt · Julia Schmidt · Miriam Schmidt · Diana Schmidt · Julian Schmidt · Meike Schmitz · Amrei Schmutzler · Norma Schneider · Carina Schneider · Bastian Schneider · Hanni Th. Schnell · Birte Schöbe · Sabine Schörnig · Romy Schreiber · Maxi Schubert · Christian Schulteisz · Christian Alexander Schulz · Tim Schulz · Carola Schulz · Laura Schulz · Christian Schulze · Amor Schumacher · Annika Schumann · Janet Schupp · Magdalena Schusser · Christina Schwarz · Nathalie Schwemmlein · Vanessa Seebach · Sarah Cynthia Seebald · Florian Seidel · Kevin Seifert · Thomas Seifert · Melanie Seiffert · Sarah Seifner · Christina Seitz · Barbara Sennewald · Florian Johannes Seubert · Farah Sheikh · Maike Siehl · Anja Sittinger · Teresa Skokanitsch · Carolin Soboll · Daniela Sommer · Lucia Sonnenschitt · Dusan Sostaric · Martin Spitzer · Kristina Spohr · Florian Steinberg · Falk Steinborn · Denise Steinmetz · Christin Sterzl · Katharina Steuckart · Malte Stiehl · Jennifer Stock · Florian Stolle · Eugenia Stricker · Johanna Stubbs · Nikola Stumpf · Cornelia Stumpf · Benjamin Sturm · Nicole Suß · Dennis Tahiri · Martin Tanz · Martin Technau · Alissa Theiß · Julia Tiedeken · Rhea Timaeus · Sandra Töpfer · Romy Träber · Lara Track · Thuy Trang Tran · Daniel Trautwetter · Jana Ufermann · Sarah Uffelmann · Roman Uhlig · Elisabeth Ulbrich · Maria Ulrich · Simone Unger · Benedikt van Thiel · Petra Varga · Max Vetter · Nadine Vetterlein · Anna Vietinghoff · Anca-Monica Vlase · Tanja Vogel· Maike Vogel · Alexander Voigt · Maxie von Auer · Maren von Bloh · Flora von Herwarth · Henrike Voß · Maria Vulter · Tanja Walter · Nina Walther · Martin Walther · Bernhard Wandtner · Kathleen Wapenhans · Horst Wasitschek · Nadja Weber · Hannah Weidenbach · André Weikard · Katharina Weil · Elke Weinrich · Angela Weinzierl · Sandra Weiser · Kathrin Weisheit · Luise Wendrich · André Wenski · Eckhart Werner · Rebecca Werner · Martin Werthmann · Christoph Werthmann · Reena Wessels · Katja S. Wicht · Katja Wieden · Laura Wiegel · PaulWiersbinski · Manuel Wilke · Anna Winkel · Sandra Winzer · Carolina Wolf · Anja Wolf · Annika Wolf · Franziska Wolf · Anja Wondratschek · Nicki Wyrembek · Kathleen Zacher · Hina Zafar · Johanna Zander · Claudia Zap · Christine Zedler · Katharina Zehfuß · Beatrice Zei · Lars Zeitz · Jishun Zhu · Stine Zickler · Moritz Zimmermann · Martina Zimmermann · Anja Zimmermann · Felix Zozmann · Hannah Zwischenberger